DROEMER

Über den Autor:
Alan Lightman, geboren 1948, ist Professor of Humanities am Massachusetts Institute of Technology (MIT). Neben seiner wissenschaftlichen Karriere als Astrophysiker veröffentlichte er Gedichte und Essays sowie bislang vier Romane, darunter den internationalen, in dreißig Sprachen übersetzten Bestseller *Und immer wieder die Zeit – Einstein's Dreams,* den die Süddeutsche Zeitung »eine wirkliche literarische Überraschung und eine Freude« nannte: »brillant, witzig, ironisch«. Sein zeitkritischer Roman *Die Diagnose* wurde 2001 für den National Book Award der USA nominiert. Er lebt mit seiner Familie in der Nähe von Boston.

Alan Lightman

HERR G

EIN ROMAN DER SCHÖPFUNG

Aus dem Englischen
von Lutz-W. Wolff

DROEMER

Die amerikanische Originalausgabe erschien 2012 unter
dem Titel »Mr. g – A Novel About the Creation«
bei Pantheon Books, New York.

Besuchen Sie uns im Internet:
www.droemer.de

FSC
www.fsc.org
MIX
Papier aus verantwortungsvollen
Quellen
FSC® C083411

Vollständige Taschenbuchausgabe August 2015
Droemer Taschenbuch

Covergestaltung: Network! Werbeagentur GmbH
Coverabbildung: Network! Werbeagentur GmbH
Satz: Dörlemann Satz, Lemförde
Druck und Bindung: CPI books GmbH, Leck
ISBN 978-3-426-30427-3

2 4 5 3 1

Dieses Buch
ist meinem Bruder
Ronnie Lightman
(1951–2010)
gewidmet

Die Zeit

Soweit ich mich erinnern kann, war ich gerade von einem Nickerchen aufgewacht, als ich beschloss, das Universum zu schaffen.

Es passierte nicht viel zu der Zeit. Genauer gesagt, die Zeit existierte noch gar nicht. Und der Raum auch nicht. Wenn man ins Nichts hinaussah, hat man nicht viel mehr gesehen als seine eigenen Gedanken. Und wenn man sich Wind, Sterne oder Wasser vorstellen wollte, konnte man diesen Vorstellungen keine Form oder Beschaffenheit geben.

Diese Dinge existierten nicht. Glatt, rau, wächsern, scharf, spröde, stachelig – solche Eigenschaften hatten keine Bedeutung. Es schlief praktisch alles in einem Zustand unendlicher Möglichkeit. Ich wusste, dass ich schaffen konnte, was ich wollte. Aber das war zugleich das Problem. Unbegrenzte Möglichkeiten bringen auch unbegrenzte Unentschlossenheit mit sich. Jedes Mal, wenn ich daran dachte, dies oder jenes zu schaffen, war ich mir unsicher, was daraus werden würde. Das machte mich nervös und ich schlief wieder ein. Aber dann kam der Moment, da gelang es mir … zwar immer noch nicht, meine Zweifel beiseitezufegen, aber zumindest war ich bereit, ein Risiko einzugehen.

Praktisch sofort fragte meine Tante Penelope, warum ich überhaupt etwas tun wollte. War ich mit der vorhandenen Leere denn nicht mehr zufrieden? Ja, doch, sagte ich, natürlich, aber …

Du bringst womöglich alles durcheinander, sagte meine Tante. Lass IHN doch in Ruhe, sagte Onkel Deva. Er kam zu mir herübergewackelt und stellte sich auf seine treuherzige Art neben mich. Sag mir bitte nicht, was ich zu tun habe, erwiderte meine Tante. Dann drehte sie sich um und sah mich scharf an. Das wie üblich ungekämmte und verfilzte Haar hing ihr bis auf die wuchtigen Schultern herab. Und?, sagte sie und wartete ab. Ich habe es nie leiden können, wenn mich meine Tante so anstarrte. Ich glaube, ich mach's, sagte ich schließlich. Es war die erste Entscheidung, die ich in Äonen ungemessenen Daseins getroffen hatte, und es fühlte sich gut an, etwas entschieden zu haben. Oder besser gesagt: sich entschieden zu haben, dass etwas geschehen musste, dass eine Veränderung angesagt war. Ich hatte mich entschlossen, das Nichts zu ersetzen durch Etwas. Etwas ist ja nicht Nichts. Etwas konnte alles Mögliche sein. Meine Fantasie überschlug sich. Von nun an würde es eine Zukunft, eine Gegenwart und eine Vergangenheit geben. Eine Vergangenheit des Nichts und eine Zukunft des Etwas.

De facto hatte ich gerade die Zeit erschaffen. Völlig unabsichtlich. Es war nur so, dass meine Entscheidung zu handeln, Etwas zu machen und der permanenten

Abwesenheit von Ereignissen damit ein Ende zu setzen, nicht ohne Zeit ging. Mit dem Entschluss, Etwas zu schaffen, hatte ich einen Pfeil in das gestaltlose, endlose Nichts geschossen, der in die Zukunft zeigte. Von jetzt an würde es ein Vorher und ein Nachher geben, eine kontinuierliche Abfolge von Ereignissen, eine Bewegung aus der Vergangenheit in die Zukunft – mit anderen Worten eine Reise durch die Zeit. Die Zeit kam notwendigerweise vor Licht und Dunkelheit, Materie und Energie, und sogar Raum. Die Zeit war meine erste Schöpfung.

Manchmal wird die Abwesenheit einer Sache nicht wahrgenommen, ehe sie existiert. Mit der Erfindung der Zeit nahmen Ereignisse, die früher in einem amorphen Klumpen zusammenflossen, Gestalt an. Jedes Ereignis konnte jetzt in einen zeitlichen Rahmen gestellt werden, der es von allen anderen trennte. Jede Bewegung, jeder Gedanke und jeder kleinste Zufall konnte in einer zeitlichen Reihenfolge platziert werden. Zum Beispiel wurde mir klar, dass ich sehr lange geschlafen hatte. Und neben mir – obwohl ich nicht wusste wie nahe, weil ich den Raum ja noch nicht geschaffen hatte – hatten Tante Penelope und Onkel Deva geschlafen. Ihr lautes Schnarchen war auf- und abgestiegen wie dies oder jenes, und wenn sie sich herumgewälzt hatten, dann war das im Ablauf der Zeit geschehen. Ihr ständiges Gezänk konnte ich jetzt ihren Wachzeiten zuordnen, die wiederum als Unterbrechung ihrer Schlafperioden erkennbar wurden. Ich wollte gar nicht darüber nachdenken, wie viel Zeit ich verschwendet hatte.

Wir hatten ja alle in einer angenehmen, unendlichen Selbstvergessenheit und Richtungslosigkeit vor uns hin gedämmert. Waren wir im unstrukturierten Nichts denn nicht prächtig gediehen, ohne dass wir für unser Nichtstun in irgendeiner Weise verantwortlich waren? Ja, völlig ohne Verantwortung. Denn ohne Zeit konnte es keine Reaktionen auf unser Handeln geben, und es blieb folgenlos. Ohne Zeit brauchen Entscheidungen nicht auf ihre Auswirkungen überprüft zu werden. Wir waren alle ohne jegliche Verantwortung in einem sehr bequemen Nichts dahingetrieben.

Meine Tante beschwerte sich denn auch prompt, als uns die Zeit bewusst wurde. Ich habe dir doch gesagt, du verdirbst alles. Sie warf meinem Onkel einen missbilligenden Blick zu, als ob er mich dazu ermutigt hätte, das zu tun, was ich getan hatte, und dann begann sie mit einer verärgerten Aufzählung all der Dinge, die sie in der unmittelbaren Vergangenheit getan oder eben nicht getan hatte. Dann zählte sie die Dinge auf, die sie in der Zeit davor getan oder nicht getan hatte, und immer so weiter, immer tiefer hinein in den jetzt plötzlich sichtbaren Abgrund der Zeit, bis mein Onkel sie bat, endlich aufzuhören. Du hättest die Vergangenheit und die Zukunft niemals erschaffen sollen, sagte sie. Wir waren so glücklich hier. Siehst du? Jetzt muss ich plötzlich sagen, wir *waren*, früher hingegen … Ach! Da ist es schon wieder. Es war viel netter, als alles gleichzeitig passiert ist. Ich hasse es, über die Zukunft nachzudenken.

Aber findest du nicht, dass wir eine Verantwortung

gegenüber der Zukunft haben?, sagte ich. Gegenüber all den Dingen und Wesen, die ich vielleicht noch erschaffe?

Unsinn, kreischte Tante Penelope. Was für ein törichtes Argument. Du hast keinerlei Verpflichtung gegenüber Dingen, die noch gar nicht existieren und die es nie geben wird, wenn du einfach mal deine großen Gedanken für dich behältst. Aber jetzt ist es zu spät, fuhr sie fort. Ich kann die Zeit spüren. Ich kann die Zukunft spüren. Sie hatte sich in einen ihrer Erregungszustände hineingesteigert, das Nichts pulsierte und zuckte angesichts ihres Missvergnügens. Mein Onkel streichelte sie sacht. Zum ersten Mal überhaupt reagierte sie auf seine Berührung. Ihr Geschimpfe verringerte sich. Bald darauf stellte sie fest, dass ihr Haar gekämmt werden musste. Das war einmal ein Anfang, und wahrscheinlich war es auch gut so.

Das Nichts

In Perioden und Intervallen rieselte die Zeit vorbei. Dann wieder schoss sie voran, strömte Hals über Kopf in die Zukunft, nur um anzuhalten und nur noch langsam zu tröpfeln. Ich hatte die Zeit zwar geschaffen, aber nicht festgelegt, ob sie gleichmäßig fließen sollte oder ruckelnd und stoßweise. Aber die Sache war noch viel heikler. Da ich bislang keine Uhren erschaffen hatte, wusste man gar nicht, wann die Zeit ruhig verging und wann sie sprunghaft und kabbelig war. Es gab nichts, womit man sie messen konnte. Vielleicht hing die Bewegung der Zeit vom Betrachter ab. Vielleicht war sie eine Frage der Wahrnehmung. Was wir am Anfang wussten, war nur, dass die Zeit fließt. Ich hatte keine Lust, mich gleich auf die eine oder andere Art festzulegen – ich hatte ohnehin schon so viel nachgedacht. Deshalb entschloss ich mich, eine Entscheidung über die Struktur der Zeit erst später zu treffen.

Egal ob gleichmäßig oder stoßweise, die Erschaffung der Zeit hatte das Nichts schon geändert. Vor der Zeit bewegten wir uns nicht so durch das Nichts wie jetzt plötzlich, sondern erlebten alles gleichzeitig. Besser gesagt: Das Nichts klebte an unserem Dasein, das Nichts umfing unsere Gedanken, das Nichts war der Gegensatz zu unserem Etwas-Sein. Nach der Erfindung der Zeit war das Nichts zwar immer noch eine unendliche und unveränderliche Leere, aber jetzt konnte man darin herumreisen, man konnte es denken, man konnte sagen, man war zu einer bestimmten Zeit an einem bestimmten Ort, und zu einem späteren Zeitpunkt an einem anderen. Nicht, dass es im Nichts irgendwelche Wegweiser oder Markierungen gegeben hätte, um bestimmte Orte anzuzeigen – das Nichts war vollkommen leer und ohne Gestalt –, aber es wurde uns klar, dass solche Orte im Prinzip existierten und wir uns innerhalb eines gewissen Zeitabschnitts vom einen zum anderen bewegten.

Obwohl das Nichts vollkommen leer war, konnten wir gelegentlich schwache Erscheinungen wahrnehmen – durchsichtige, dünne Schleier und Nebel, Falten, Höhen und Täler des Nichts, die auftauchten und wieder verschwanden. Diese flüchtigen Strukturen erschienen an den Säumen der vielen Schichten des Nichts, dort, wo sie nicht genau aufeinandergelegt worden waren. Wenn man sich auf diese vergänglichen Erscheinungen zubewegte, verschwanden sie natürlich sofort, aber nicht ohne der völligen Gestaltlosigkeit des Nichts eine vorübergehende Unterbrechung und eine momentane, flüchtige Richtung gegeben zu haben.

Ich verbrachte große Schwaden von Zeit damit, mich durch das Nichts zu bewegen. Obwohl es leer war, lockte einen das Nichts doch ständig mit seinen unendlichen Möglichkeiten. Gern reiste ich lange Zeit in eine bestimmte Richtung, durch Nebel von Nichts, dann beschloss ich plötzlich, dass ich neue Gebiete erforschen wollte, bog nach rechts oder links ab und reiste lange Zeit in eine andere Richtung. Manchmal machte ich auch eine Kehrtwendung, bewegte mich dorthin, wo ich hergekommen war, und reiste extrem lange durch einen leeren Ort nach dem anderen. Oft hatte ich keinerlei bestimmte Richtung, sondern folgte nur einer natürlichen Neugier. Ich wollte wissen, wie sich das Nichts durch die Zeit verändert hatte. Manchmal spielte ich auch ein Spiel. Ich tat so, als hätte ich mich verlaufen, und versuchte dann unter Verzicht auf meine angeborene Allwissenheit, meine Position dadurch zu bestimmen, dass ich die Zeit zu schätzen versuchte, die ich bei meiner Bewegung in diese oder jene Richtung gebraucht hatte.

Das führte bald zu geometrischen Berechnungen. Einmal bewegte ich mich zum Beispiel in einer Spirale mit ständig größer werdendem Durchmesser, wobei ich immer wieder an Orten vorbeikam, an denen ich schon früher gewesen war. Es war scheinbar immer dieselbe Leere, aber mit subtilen Veränderungen bei jeder Wiederholung, winzigen Verschiebungen im Vakuum, die durch das Vergehen der Zeit ausgelöst wurden. Manchmal hielt ich auch einfach inne und bewunderte die stille Schönheit des Nichts, die Ruhe, die endlosen Pilaster und Balustraden des Nichts. Die tatsächliche Entfernung, die ich bei meinen Ausflügen zurückgelegt hatte, konnte ich allerdings nie wirklich messen, denn es gab ja keinen Raum. Ab und zu traten meine Tante oder mein Onkel hinter einem wehenden Schleier von Nichts hervor, wir stellten fest, dass wir überrascht waren, weil wir uns getroffen hatten, sagten Hallo und gingen dann unserer Wege. Solche zufälligen Begegnungen, die auf einem Vorher und Nachher beruhten, hatte es vor der Erschaffung der Zeit nie gegeben.

Ich kann sagen, meine langen Reisen durch das Nichts waren sehr befriedigend. Ich war gern in Bewegung, mochte es, von einem Ort zum anderen zu gehen. Wenn ich mich bewegte, spürte ich eine gesteigerte Intensität der Existenz und des Daseins. Die Leere akkumulierte sich, wenn ich reiste. In zunehmender Zahl hefteten sich die Wolken und Nebel des Nichts an mich, sodass ich das Gefühl hatte, in dicke, weiche Kissen gekleidet zu sein. Ich hatte jedenfalls ein riesiges Vakuum, in dem ich herumdenken konnte. In Anbetracht der Tatsache, dass das Nichts aus völliger Leere bestand, begann ich es mit meinen Gedanken zu füllen, und diese Gedanken dienten in gewisser Weise als Wegweiser: Zu diesem Zeitpunkt hatte ich die Idee, das Verhältnis von Umfang und Durchmesser von Kreisen und Kugeln mit der Zahl π ein für alle Mal festzulegen. Da drüben hatte ich die Idee eines Farbspektrums. Und so weiter. Das Nichts diente meinen Gedanken als anmutiges Gefäß. Es wurde zum Spielplatz meiner Ideen.

Dann gab es Musik. Das Nichts hatte immer schon unter den Klängen meiner Gedanken vibriert, aber ehe es die Zeit gab, war die Totalität aller Klänge simultan, als würden Tausende und Abertausende Töne zugleich gespielt. Jetzt erklangen sie nacheinander, wurden zu

Klangkaskaden, Arpeggios, Glissandos. Wir konnten jetzt Melodien hören. Wir nahmen Rhythmen und metrische Abschnitte wahr, in denen die Zeit zu köstlichen Klangfalten wurde. Zweivierteltakte, Dreivierteltakte, Synkopen. Wenn wir uns durch das Nichts bewegten, wurden wir in Bann gehalten von köstlichen Klängen, den hinreißend zarten, melodischen Vibrationen des Nichts.

Den größten Teil der Musik konstruierte ich aus einer Tonleiter von Frequenzen, die in der Regel im festen Verhältnis von $2^{1/12}$ standen, denn die Exponentialfunktion dieser Zahl kam dem Verhältnis kleiner natürlicher Zahlen wie 3:2 und 4:3 am nächsten. Dreiklänge, die auf diesen Tonleitern beruhten, hörten sich angenehm an. Aber ich experimentierte auch mit Vierteltonverhältnissen, nichtharmonischen Verhältnissen und sogar mit Tonleitern, die variable Frequenzverhältnisse hatten. Auch die brachten schöne Musik hervor, solange man nicht zwei verschiedene Töne zur gleichen Zeit spielte. Indem ich die Intensität der Obertöne variierte, schuf ich eine unendliche Fülle von Klängen.

Überall und jederzeit waren wir umhüllt von Musik. Manchmal ergoss sie sich in gewaltigen Sturzbächen. Zu anderen Zeiten machte sie nur ganz leise Schritte, die so zart wie die flüchtigen Schleier des Nichts waren. So wie sich in der Vergangenheit Partikel von Nichts an unser Wesen geheftet hatten, umgab uns jetzt die Musik. Sie drang sogar in uns ein. Ich hatte die Musik geschaffen, doch besaß sie ihrerseits Schöpferkraft; sie erhob das Sein und gestaltete es zu neuer Vollkommenheit.

Raum

Ich hatte vor, eine ganze Menge Dinge zu schaffen. Ohne jede Erfahrung mit der Körperlichkeit konnte ich mir diese Dinge nur als Funktionen oder Eigenschaften, etwa zur Quantifizierung der Zeit, zur Kommunikation, als Licht oder Schatten vorstellen. Aber die Abstraktionen hatte ich bald satt. Ich wollte fühlen und anfassen. Schließlich hatte ich sehr lange geschlafen. Ich brauchte etwas Neues, was mich interessierte, eine Herausforderung, vielleicht sogar andere Wesen, die mich überraschten und amüsierten. Meine Ideen, sowohl für die beseelten als auch für die unbeseelten Dinge, bedurften der körperlichen Existenz, sie brauchten Volumen und Ausdehnung. Und deshalb musste ich den Raum schaffen.

Der Raum erschien nicht auf einmal, sondern in langsamen Schritten. Nur sehr allmählich nahm er an Breite, Höhe und Tiefe zu. (Ich hatte mit einer ganzen Anzahl von Dimensionen gespielt. Zwei schienen mich unnötig einzuengen, ja, fast zu ersticken, während mir vier oder mehr als zu luxuriös vorkamen und leicht dazu führen konnten, dass kleine Dinge verloren gingen. Aus diesem Grunde entschloss ich mich, bei meinem ersten Versuch drei Dimensionen zu nehmen.)

Wenn ich mich recht entsinne, erschien der Raum zunächst als winzige runde Blase, die in aller Stille in meinem Geist steckte. Dann zog sie sich in die Länge und summte in schriller Tonlage. Eine Zeit lang war das Universum ein kleines, ziemlich flaches Ellipsoid. Aber die Höhe und Tiefe holten allmählich auf, wobei sie ein ungeduldiges Glucksen von sich gaben; so stellte sich die Kugelform wieder her. Dann ertönte ein lautes Seufzen, und mit einem tiefen Grollen entfalteten sich gleichzeitig alle drei Dimensionen und wuchsen ins Leere hinaus.

Mein Universum war geboren! Am Anfang war es noch winzig, aber wunderschön, eine köstliche kleine Kugel. Ihre Oberfläche war glatt und seidig, jedoch unendlich stark. Es glänzte und drehte sich leicht. Und es vibrierte vor Energie. Ich stellte fest, dass ich den Raum nicht ohne Energie schaffen konnte – die beiden waren unentwirrbar miteinander verbunden, als gäbe das eine dem anderen die Form. Die Energie heulte und zappelte, weil sie aus der glatten, seidigen Hülle herauswollte, aber das konnte sie nicht, denn diese Hülle umschloss alles, was es gab (außer mir, meiner Tante und meinem Onkel), und es war eine mathematische und logische Unmöglichkeit, dass irgendetwas, das sich im Inneren befand, herauskommen konnte. Nur das Nichts blieb außerhalb dieser Hülle.

Bei ihrem ständigen Versuch zu entkommen brodelte und kochte die Energie mit gewaltiger Hitze. Sie dehnte und streckte die unzerreißbare Hülle, mal in diese, mal in eine andere Richtung. Schließlich blieb ihr nichts anderes übrig, als den Raum selbst auszudehnen. Sie verzerrte Umfänge, Durchmesser, Winkel und Kurven, ja, sogar die mathematischen Prinzipien des Raums. Die Geometrie reagierte auf die heftigen Attacken und fing ebenfalls an, durchdringend zu summen. Energie und Geometrie begannen, mit schrillem Kreischen zu kämpfen, erst zwängten die Terrassen und Schluchten des Raums die Energie mit brutaler Gewalt zusammen, dann schlug die Energie zurück und gestaltete den Aufbau des Raums neu. Auf diese Weise dehnte sich die kleine Kugel, die das Universum ursprünglich gewesen war, im Verlauf des Kampfes mit alarmierender Geschwindigkeit aus.

Irgendwann wurde Tante Penelope, die sich ausnahmsweise in aller Ruhe das Haar bürsten wollte, von der expandierenden Kugel umgestoßen. Rette mich!, rief sie Onkel Deva theatralisch zu, was natürlich völlig übertrieben war. Mein Onkel half ihr, sich wieder aufzurichten. Was war das für ein Ding?, schrie sie. So eine Unverschämtheit! Dann stampfte sie ins Nichts hinaus, ohne sich bei Onkel Deva zu bedanken. Auch als sie längst hinter den Falten und Rüschen des Vakuums verschwunden war, hörte ich sie noch schimpfen: Was hat er jetzt wieder angestellt? Kein Ende nimmt das, kein Ende. Kein Ende nimmt das, kein Ende …

Unterdessen wurde mein Universum größer und größer. Sobald es einmal geschaffen war, schien es entschlossen zu sein, so fett wie nur irgend möglich zu werden. Ich beschloss, noch ein zweites zu machen. Diesem allerdings versetzte ich einen winzigen Stich, als es entstanden war, wirklich nur ein ganz winziges Loch, weil ich sehen wollte, ob sich dadurch etwas ändern würde. Die kleine Kugel begann sich zunächst genauso auszudehnen wie das erste Universum, aber nach ein paar Augenblicken hielt es inne, vibrierte kurz in einem flüchtigen Gleichgewicht, dann begann es sich zusammenzuziehen und wurde kleiner, es schrumpfte immer weiter zusammen, bis es nur noch ein winziger Punkt war. Dann machte es leise *plopp!* und war gänzlich verschwunden. Ich war entzückt. Ich machte weitere Universen. Bei jedem versuchte ich eine andere Variante. Manchen gab ich einen seitlichen Schubs, anderen ein paar extra Umdrehungen. Manche quetschte ich im Zeitpunkt ihrer Erschaffung zusammen, um ihnen noch mehr Energie zu geben. Bei manchen änderte ich die Zahl der Dimensionen des Raums: Mal waren es vier, mal sieben oder sechzehn – nur weil ich sehen wollte, was dann passierte. Es ließen sich ja auch Bruchteile von Dimensionen vorstellen, zum Beispiel 13,8. Manche dieser Universen entstanden erst gar nicht, weil sie die Voraussetzungen nicht unter einen Hut brachten. Einige sprangen mit furchterregender Energie ins Dasein, versickerten dann aber im Nichts. Manche waren von Anfang an schlapp; andere rasten durchs Nichts und erzeugten schrille Geräusche und Vibrationen. Ein Universum behielt zwar konstant seine Größe, drehte sich aber schneller und schneller, bis es in der Mitte zerplatzte. Mehrere begannen sich zunächst auszudehnen, zogen sich dann aber zusammen, bis man sie kaum noch sah, dehnten sich wieder aus in einer Art schaumigen Wiedergeburt – woraufhin der Zyklus sich wiederholte: Ausdehnung, Schrumpfung, Ausdehnung, Schrumpfung, in einer endlosen Folge von Geburt, Vernichtung und Wiedergeburt.

Nach einiger Zeit flog eine Riesenanzahl von Universen herum. Sie drehten sich mit fantastischer Geschwindigkeit um ihre eigene Achse, vibrierten, pulsierten, dehnten sich aus und zogen sich wieder zusammen. Meine Tante war nirgends zu sehen. Onkel Deva sympathisierte zwar mit meinem Vorhaben, hatte sich aber in Deckung begeben. Wie nicht anders zu erwarten, begannen einige meiner Universen, miteinander zu kollidieren. Jede Kollision führte zu einer bombigen Explosion und schickte Fragmente von Welten durchs Nichts, gebrochene Dimensionen und oszillierende Energien.

Mir wurde klar, dass ich nicht genug darüber nachgedacht hatte, ob ich ein oder mehrere Universen erschaffen sollte. Vielleicht hätte ich vorausschauender sein sollen. Ein einzelnes Universum hätte die Möglichkeit von Kollisionen verhindert, andererseits wäre es mir vielleicht langweilig geworden. Ein Universum würde eine Wahrheit haben. Viele würden viele Wahrheiten haben. Bei beiden Möglichkeiten gab es Vor- und Nachteile.

Ich setzte mich, konzentrierte mich und begann, darüber nachzusinnen. Dann meditierte ich. Ich versuchte, meinen Geist ganz leer werden zu lassen. Ich atmete das Nichts ein und aus. Atmete es ein und dann wieder aus. Langsam wurde ich ruhiger. Frieden breitete sich über dem Nichts aus. Meine Tante und mein Onkel erschienen als kleine Lichter, die einen langsamen Walzer tanzten, dann kam der Frieden auch über sie. Das Nichts beruhigte sich, seufzte und trieb dahin in der vergehenden Zeit. Ich atmete ein und atmete aus und kam zu dem Entschluss, es sollte nur Eins geben. Ein Universum. Die Myriade provisorischer Universen, die ich gemacht hatte, verblasste und löste sich auf, und das eine Universum war das, was übrig blieb.

Und während ich noch meditierte, beschloss ich, die Quantenphysik zu erschaffen. Ich wusste die Sicherheit der Logik und der klaren Definitionen zwar zu schätzen, fand aber, dass die scharfen Kanten des Seins ein bisschen abgerundet werden mussten. Ich wollte ein bisschen künstlerische Zweideutigkeit in meiner Schöpfung, ein gewisses Maß an Zerstreuung. Vielleicht hat die Quantenphysik sich auch selbst erfunden. Rein mathematisch war sie wunderschön. Und so subtil.

Sobald ich die Quantenphysik geschaffen hatte, blähten sich alle Gegenstände – die zu diesem Zeitpunkt allerdings erst in meinen Kopf existierten – auf und schwollen zu einem Nebel von unbestimmter Position an. Alle Sicherheiten verwandelten sich in Wahrscheinlichkeiten, und meine Gedanken gabelten sich in Dualitäten: ja und nein, spröde und biegsam, an und aus. Ab sofort konnten Dinge gleichzeitig hier wie dort sein. Das Eine wurde die Vielen. Eine große Decke der

Unschärfe legte sich über das Nichts und machte alles ganz weich. Mein schläfriger Atem verlangsamte sich, bis man ihn nicht mehr wahrnahm. Wenn ich die Ohren spitzte, konnte ich überall aus dem Nichts das milliardenfache leise Klappern und Klingeln von neuen Welten hören, die auf ihre Entstehung warteten. Mit der Erfindung der Quantenphysik hatte jeder Punkt im Nichts die Chance, ein neues Universum zu werden, und diese Möglichkeit konnte man ihm auch nicht verweigern. Die Erschaffung der Zeit und des Raums hatte ein Universum möglich gemacht – und diese Möglichkeit, die im Quantenschaum des Nichts schlummerte, genügte, um eine unbegrenzte Zahl von ihnen ins Leben zu rufen. Bald zischten jedenfalls wieder jede Menge neue Universen herum.

Ich revidierte meine Entscheidung, dass es nur das Eine geben sollte. Oder genauer gesagt, dadurch dass ich die Quantenphysik erfunden hatte, wurden die Vielen nötig. Ich spähte ins Nichts hinaus und versuchte, mein originäres Universum wiederzufinden, das erste, das ich gemacht hatte. Aber es war hoffnungslos verloren gegangen unter Milliarden und Abermilliarden von anderen, die da herumsausten: pulsierenden Kugeln, gestreckten Ellipsoiden und kreiselnden Kosmen, die vor Energie barsten. Das Nichts vibrierte vor Kreischen, Donnergrollen und scharfem Knallen.

Ganz allmählich kamen auch Tante Penelope und Onkel Deva wieder aus ihren Verstecken heraus. Du bist fleißig gewesen, sagte mein Onkel und schaute mit mildem Verdruss auf die herumfliegenden Universen.

Wenn ich du wäre, würde ich mein Herz an keins davon hängen. Das wird nämlich bloß eine Enttäuschung für dich. Ich beschloss, darüber nachzudenken. Aber ich war schon jetzt ziemlich verliebt in einige der schwellenden Kugeln.

Was ist in diesen Dingern eigentlich drin?, fragte Tante Penelope. Raum, sagte ich. Hmpf, sagte sie. Aber wenn wir jetzt Raum haben, dann hätte ich bitte gern einen Stuhl, auf dem ich sitzen kann. Ich habe lange genug gestanden.

Also machte ich einen Stuhl für Tante Penelope. Dieser Stuhl war die erste Materie, die ich geschaffen habe. Er hatte drei geschwungene Beine und eine achteckige Rückenlehne. Ich hatte ihn so entworfen, dass er bequem, aber nicht zu bequem war. Meine Tante nahm ohne Kommentar darauf Platz.

Es wartete noch mehr. Ich wollte noch viel mehr Materie machen. Ich wollte Galaxien und Sterne machen. Ich wollte Planeten machen. Ich wollte lebende Geschöpfe machen und denkende Köpfe. Aber für den Augenblick saß ich bloß da und meditierte und betrachtete zufrieden die leeren, aber vibrierenden Universen, die ich gemacht hatte.

Ein Fremder erscheint im Nichts

Ich meditierte. Ich habe meditiert. Ich meditiere. Ich werde meditieren.

Obwohl ich meinen Geist von allen Gedanken geleert hatte, war ich mir der neuen Universen doch bewusst, die um mich herumschwirrten. Ich konnte die Gegenwart der pulsierenden Sphären spüren und in ihrem Inneren Raum und Volumen. Was noch wichtiger war: Das Potenzial des Raums konnte ich spüren, der jetzt überall im Nichts verteilt war. Wenn ich nun in meinem meditativen Zustand durchs Nichts segelte, segelte ich nicht mehr durch ein formloses, zeitloses Nichts, sondern ein Nichts, das mit Zeit und Raum durchsetzt war. Die Leere war von schimmernden Möglichkeiten erfüllt, jeder kleine Hohlraum zitterte vor nebulösen Vorstellungen, was vielleicht sein und was ich erschaffen könnte. Es war ein gewisser Druck, ein Gewicht, ein tiefer, summender Ton. Ich hatte mich genauso verändert wie das Nichts. Eine große *Entfaltung* hatte in meinem Sein stattgefunden, als ob jedes Quäntchen Bewusstsein zu tausend geworden wäre und sich jede mögliche Handlung zu tausend verzweigt hätte. Mit der neuen Quantenrealität war ich mir auf köstliche Weise der fantastischen Anzahl von Entscheidungs- und Gestaltungsmöglichkeiten bewusst, die an jedem Punkt des Seins auf mich warteten. Jede dieser Möglichkeiten hatte wiederum Folgen, die zu einer weiteren unendlichen Kette von Möglichkeiten führten. Wenn ich künftig etwas erschuf, würde ich unweigerlich auch alle Variationen dieses Dings schaffen müssen, die alle ihre eigene Wahrscheinlichkeit hatten. Das Sein war jetzt Vielfalt. Diese neuen Wahrnehmungen und Realitäten waren nicht unangenehm, aber sie verlangten doch gewisse Anpassungen und Zugeständnisse.

Ein Fremder stand neben mir, als ich schließlich aus meinen Meditationen auftauchte. Und hinter ihm eine weitere Kreatur, ein fettes, gedrungenes Wesen, dessen Miene ein einziges gefrorenes Grinsen zu sein schien. In der ganzen endlosen Weite des Seins hatte es nie jemand anderen gegeben als mich, Tante Penelope und Onkel Deva. Ich war erfreut, auf jemanden zu stoßen, mit dem ich reden konnte, war es aber nicht gewöhnt, Dinge anzutreffen, die ich nicht gemacht hatte.

»Guten Tag«, sagte der Fremde, »wenn ich mir die Freiheit nehmen darf, dieses Wort zu benutzen, das eigentlich zu einem späteren Teil der Schöpfung gehört.«

»Ich habe Sie nicht eingeladen«, sagte ich.

Der Fremde nickte und akzeptierte damit meine Bemerkung, ohne sich jedoch zu entschuldigen. Er war groß und schlank, und seine Haltung drückte sowohl Förmlichkeit als auch Gelassenheit aus. »Sie haben ein sympathisches Leben hier«, sagte er. »In letzter Zeit bin ich hier viel gereist, und die Gegend vermittelt eine große Ruhe und Heiterkeit. Ich nehme an, dass Sie so lange wie möglich hierbleiben wollen, vielleicht auch für immer.« Seine Stimme ging nicht auf die gleiche Weise in mein Gemüt ein wie die von meiner Tante und meinem Onkel, sondern schien von einer leichten Brise durchs Nichts getragen zu werden, obwohl das Nichts seit Äonen ganz ohne jede Luftbewegung gewesen war.

»Nicht, dass ich Sie beneide«, sagte der Fremde, »aber Ihre Lebensumstände sind wirklich recht komfortabel.«

»Zu komfortabel«, sagte das grinsende Biest neben ihm.

»Du vergisst dich, Baphomet«, sagte der Fremde. Die fette Kreatur jaulte, als hätte man ihr eins mit der Peitsche versetzt, und verbeugte sich dann dreimal vor dem hochgewachsenen Fremden, ohne das Grinsen von ihrem Gesicht zu verlieren.

»Sie müssen Baphomet entschuldigen«, sagte der Fremde zu mir. »Er ist ein guter Reisegefährte.« Er machte eine Pause. »Ich habe mir über diese Leere Gedanken gemacht«, sagte er. »Sie scheint ohne unsere Wahrnehmung davon gar nicht zu existieren. Eine interessante Substanz. Man kann sich vorstellen, dass sie angenehm oder unangenehm, stark oder schwach ist, und das wäre dann automatisch Realität. Der Geist ist ein ganz eigener Ort, würden Sie nicht auch sagen?

Nehmen wir zum Beispiel die Musik. Ganz entzückend. Ich gratuliere Ihnen. Ich habe ihr zugehört und sie schon eine ganze Weile genossen. Aber ist es nicht vorstellbar, dass dieselbe Musik für ein anderes Bewusstsein mit anderen Empfindungen ... sagen wir: unentzückend klingt?«

»Ich jedenfalls mag die Musik überhaupt nicht«, sagte Baphomet, verbeugte sich hastig und grinste.

Der Fremde drehte sich um und starrte das Biest an, dann wandte er sich wieder mir zu. »Es gibt allerdings noch eine wichtigere Frage, die ich Ihnen stellen wollte«, sagte er. »Halten Sie es für möglich, dass eine Sache und ihr Gegenteil gleichzeitig wahr sein können?«

Obwohl ich von dem Fremden und seinem groben Gefährten so abrupt aufgeschreckt worden war, nahm er mich doch gefangen und faszinierte mich sogar. Ich beschloss, ihm eine Antwort auf seine Frage zu geben. »In einem rationalen Denksystem können ein Ding und sein Gegenteil nicht beide wahr sein«, erwiderte ich. »Aber rationale Gedanken führen immer nur zu weiteren rationalen Gedanken, während irrationale Gedanken ...«

»... zu neuen Erfahrungen führen.«

»Ja«, sagte ich. »Mein Geist umfasst sowohl das rationale wie das irrationale Denken. Aber manche Dinge müssen einfach logisch sein und bedürfen deshalb der Rationalität.«

»Genau«, sagte der Fremde. »Zum Beispiel die Mathematik. Aber Logik kann auch irreführend sein. Sogar in der Mathematik können die Richtigkeit oder Unrichtigkeit mancher Theoreme nicht bewiesen werden. Merkwürdig, oder?«

»Das tut nichts zur Sache. Jedes mathematische Theorem ist entweder falsch oder richtig, ob man es innerhalb der Grenzen der Mathematik nun beweisen kann oder nicht.«

»Ah ja«, sagte der Fremde. »Ich sehe, wir können uns unterhalten.«

Während wir redeten, machte Baphomet ständig Saltos und Purzelbäume, nicht ohne uns dabei mit seinem unaufhörlichen Grinsen zu beobachten. Sein Herr kümmerte sich nicht weiter um ihn.

»Ohne mir dessen ganz sicher zu sein«, fuhr der Fremde fort, »würde ich vermuten, dass Ihnen das Rationale geläufiger ist. Es hat durchaus seinen Reiz. Aber das Irrationale erlaubt viel mehr, nun, sagen wir, *Machtausübung*. Natürlich nur, wenn Sie das beabsichtigen. Im Augenblick scheinen Sie kein Bedürfnis zu haben, Macht auszuüben.«

»Ich ziehe es vor, nur so viel Macht auszuüben, wie es die Situation verlangt«, sagte ich. »Aber wenn nötig, ist meine Macht unbegrenzt.«

»Es würde mich sehr freuen, wenn ich irgendwann mal eine Demonstration Ihrer Allmacht erleben dürfte.« Der Fremde trat noch etwas näher heran. »Aber interessanter als das Ausmaß ist eigentlich das Ziel Ihrer Machtausübung. Sagen Sie, in diesem Zusammenhang: Rechtfertigt das Ziel eigentlich immer die Mittel? Oder ziehen Sie bei den Opfern und Kosten irgendwo eine

Grenze, über die Sie bei der Verfolgung Ihrer Ziele nicht hinausgehen würden?«

»So allgemein kann ich diese Frage nicht beantworten.«

»Ach, Sie glauben also nicht an absolute Prinzipien? Wir werden noch besser miteinander auskommen, als ich gedacht habe. Ihre Antwort lässt darauf schließen, dass Sie in manchen Situationen jeden Preis akzeptieren würden, um Ihr Ziel zu erreichen, in anderen wiederum nicht. Je nach Situation. Ja. Es ist wichtig, so etwas über sich selbst zu wissen.«

Der Fremde löste seinen Blick von mir und starrte ins Leere hinaus. Offenbar war er mit einem der Universen beschäftigt, das besonders missgestaltet war und heftig pulsierte, als wollte es gleich explodieren. Er schien davon fasziniert. Dann wandte er sich zur Seite. Er war so dünn, dass er praktisch verschwand und nur noch als schwarze Linie erschien. »Haben Sie sich je gefragt, ob es möglich ist, sich alles vorzustellen, was es je geben wird?«, fragte er. »Oder liegen manche Dinge jenseits unserer Vorstellungskraft?« Ich nickte. »Da die Zahl der Möglichkeiten offensichtlich unendlich ist«, fuhr er fort, »wäre schon ein Bruchteil von Möglichkeiten, die wir uns nicht vorstellen können, genug, um eine unendliche Anzahl von Dingen zu schaffen, die wir uns nicht vorstellen können. Selbst wenn wir unendliche Macht besitzen, könnten wir also höchst überrascht sein darüber, was in der Zukunft mal auf uns zukommt. Stimmen Sie zu?« Der hochgewachsene Fremde wandte sich mir wieder zu, legte den Kopf schräg und sah mich mit einem eigenartigen Gesichtsausdruck an.

»Ja.«

»Diese Universen, die Sie geschaffen haben«, sagte er und zeigte auf die bibbernden Kugeln und Ellipsoide, die um uns herumschwirrten. »Viele davon werden tragisch enden. Oder vielleicht sollte ich lieber sagen: Die belebte Materie, mit der Sie diese Universen füllen, die intelligenten Wesen werden sich quälen, leiden und ein böses Ende nehmen.« Er lächelte.

»Ich habe überhaupt nicht die Absicht«, sagte ich. »So etwas würde ich gar nicht erlauben.«

»Tut mir leid, wenn Sie beunruhigt, was ich gesagt habe.«

»Ich befehle Ihnen die Nichtexistenz«, sagte ich.

»Ich fürchte, das können Sie nicht.« Obwohl er ohnehin schon so groß war, schien der Fremde noch größer zu werden, als hätte er sich bisher nur hingehockt. »Die flimmernden Massen«, sagte er. »So viele kleine Lebewesen, die gar nichts bedeuten. Ich frage Sie: Was kommt heraus, wenn man die Unendlichkeit mit null multipliziert? Nun, darüber brauchen wir nicht zu streiten … Grüßen Sie Ihren Onkel und Ihre Tante von mir.« Der Fremde verbeugte sich. Dann verschwand er mit seinem Begleiter, der sich ständig umdrehte und zu mir zurückgrinste, in den Tiefen des Nichts.

Zweifel

In meiner Wut zertrümmerte ich Tausende von gerade entstehenden Universen. Ich quetschte den Raum heraus, bis nur noch die trockenen Hüllen zurückblieben, die wieder zu Nichts wurden, oder füllte sie mit so viel Energie, dass sie in einer lautlosen Katastrophe explodierten. Ich ließ sie mit anderen zusammenkrachen, dass es nur so spritzte. Ich zerfetzte den Raum. Ich jagte die Geometrie auseinander. Ich zermalmte und zertrümmerte. Nie zuvor hatte ich solche heftigen Gefühle gehabt. Meine Wut ließ das Nichts brodeln, seine Musik zerfiel zu einem Kreischen implodierter Akkorde.

Was machst du?, schrie mein Onkel. Er bückte sich und hob ein paar Trümmer auf. Du hast deine Tante und mich sehr erschreckt. Die zwei rannten durcheinander, als suchten sie einen Ort, um sich dort zu verstecken, dann duckten sie sich in einiger Entfernung und versuchten, sich gegenseitig zu schützen.

Natürlich würde ich nie etwas tun, was Onkel Deva und Tante Penelope schädigen würde, aber ich war tatsächlich dabei, ohne jede Rücksicht zu wüten. Ich war reine Gewalttat und sah mir selbst beim Wüten zu, als würde ich von einem anderen getrieben und zerstörte fremde Geschöpfe. Ich war außer mir. Wie lange das dauerte, ist schwer abzuschätzen. Allmählich legte sich meine Wut. Ich sah mich um und stellte fest, dass ich viele der Universen vernichtet hatte, die ich gemacht hatte. Aber es blieben weitaus mehr übrig, und die wurden immer größer. Alles hatte ich nicht zerstört.

Ich erzählte meinem Onkel und meiner Tante von dem Fremden. Was für eine Anmaßung, sagte die Tante. Er hatte doch gar nicht das Recht, hierherzukommen, und schon gar nicht mit so einer Frechheit. Der soll bloß noch mal kommen. Lass dich nicht entmutigen.

Ich weiß nicht, sagte ich. Vielleicht hast du ja recht gehabt. Ich hätte alles so lassen sollen, wie es gewesen ist, als unendliches Nichts. Ich will nicht, dass meine Schöpfung ein böses Ende nimmt. Ich hätte alles lassen sollen, wie es war.

Ein böses Ende?, sagte meine Tante. Redest du von der Erschaffung belebter Wesen in deinen Universen? Hör mal zu, mein Junge. Erstens hast du ja noch gar keine lebendigen Wesen geschaffen, sondern nur leere Welten. Und zweitens: Selbst wenn du lebendige Wesen schaffst, weißt du doch gar nicht, ob sie ein böses Ende nehmen, bloß weil es dieser dahergelaufene Angeber sagt. Du vergisst deine Allmacht, mein Junge. Du hast diese Welten geschaffen. Wenn du willst, kannst du lebendige Wesen erschaffen. Du kannst sie genau so machen, wie du willst. Du musst an deine Schöpfung glauben.

Ja, genau, sagte Onkel Deva. Du musst glauben. Deine Tante und ich stehen hinter dir. Nicht wahr, Penelope? Absolut.

Ich schaute ins Nichts hinaus, auf die Milliarden von Welten, die da herumschwirrten, und stellte mir vor, wie ich jede einzelne mit belebter und unbelebter Materie füllte. Ich stellte mir Atome und Moleküle vor. Ich dachte an feste Stoffe, Flüssigkeiten und Gase. Ich stellte mir Quarze und Humus, Atmosphären, chemische Elemente, Seen und Meere, Gebirge, Wälder, dicke Wolken, elektrische Impulse, Ionenbewegungen, gallertartige Membranen, Bakterien vor. Gehirne stellte ich mir vor, die aus Materie bestanden, und andere, die nur Energie waren. Ich stellte mir intelligente Geschöpfe vor. Und das, was *sie* schaffen würden. Ihre Städte. Ich versuchte, mir die Zukunft vorzustellen. Würden meine lebenden Geschöpfe Qualen leiden? War das unvermeidbar? Oder würden sie nur Freude und Annehmlichkeiten erleben? Ich spürte die Zukunft, konnte sie aber nicht hören. Ich lauschte. Konnte ich die Stimmen von Billionen Wesen hören, die vielleicht sein würden? Konnten sie mir vom Leben erzählen? Konnten sie mir vom Leiden erzählen?

Aber ich hörte sie nicht. Alles, was ich hörte, war das leise Adagio des Nichts. Ich spürte die Zukunft, aber sie existierte noch nicht. Ich betrachtete die Milliarden von Welten voller Leere und Möglichkeiten, und zögerte. Vielleicht sollte ich nur unbelebte Materie machen? Das wäre einfacher und zugleich sicherer. Aber konnte ich meine Hervorbringungen auf unbelebte Materie beschränken? Ich konnte erzeugen, was immer ich wollte, aber konnte ich mir ganz sicher sein, was die einzelnen Atome später tun würden? Konnte ich sicher sein, dass sich die Trillionen von langweiligen, toten Atomen nicht irgendwo zusammenrotteten und etwas hervorbrachten, das Leben besaß? Es waren so viele Welten.

Einige organisatorische Prinzipien

Darf ich dir einen Rat geben, Neffe?, sagte Tante Penelope. Wir waren eine ganze Weile zu dritt im Nichts herumgewandert, hatten noch ein paar Trümmer zusammengefegt und darüber geredet, wie sich unser Leben verändert hatte. Gib IHM keine Ratschläge, sagte mein Onkel. ER braucht unseren Rat nicht.

Sei still!, sagte Tante Penelope. Ich habe das Recht, meinem Neffen Ratschläge zu erteilen. Wenn dir das nicht passt, kannst du IHM ja deine eigenen Ratschläge geben.

Ich wäre da vorsichtig, sagte mein Onkel. Glaubst du wirklich …

Tante Penelope warf ihm einen jener Blicke zu, die ihn verstummen ließen. Seit sie sich regelmäßig das Haar kämmte, sah sie nicht mehr so gefährlich aus wie früher. Aber trotzdem.

Tante Penelope nahm mich beiseite und ließ Onkel Deva allein. Also, ich möchte, dass du mir zuhörst, sagte sie. Das ist keine Kritik. Dein Onkel und ich haben dich immer sehr bewundert. Aber wir sind älter als du, und wir sehen ja, was hier vorgeht … Du solltest nicht mit solcher Hast vorgehen. Du stürzt dich so in die Dinge hinein. Mach langsamer. Nimm dir Zeit für dieses Projekt.

Es ist mir gar nicht aufgefallen, dass ich so schnell war, sagte ich.

Und all diese Dinger, die da herumsausen?, sagte meine Tante. Du hast sie so schnell gemacht. Warum konzentrierst du dich nicht erst mal auf eine deiner Welten und siehst zu, dass du die ordentlich hinkriegst?

Das ist ein ausgezeichneter Rat, sagte Onkel Deva, der ein Stück weit entfernt stand.

Welche hättest du denn gern?, fragte meine Tante. Es war keine ernsthafte Frage. Trillionen von Sphären und Hyperboloiden flogen herum, die sich in den letzten Augenblicken um den Faktor 10^{17} vermehrt und vergrößert hatten. Nimm die hier, sagte meine Tante, griff plötzlich nach oben und schnappte sich eine der Kugeln, die gerade vorbeiflogen. Mit der kannst du arbeiten. Wir haben großes Vertrauen zu dir, Onkel Deva und ich, und wir sind fest überzeugt, du machst etwas Gutes, jetzt, wo du angefangen hast mit dem Projekt. Lass dir nur Zeit, das ist alles, was ich dir raten kann.

Vielleicht hatte mir meine Tante damit einen guten Rat gegeben. Das Universum, das sie herausgefischt hatte, war praktisch kugelförmig, drehte sich leicht und blähte sich mit fanatischer Entschlossenheit auf. Als Erstes verlangsamte ich seine Ausdehnung.

Na, also, sagte Tante Penelope, jetzt können wir's wenigstens richtig anschauen.

Wir?, sagte Deva. Lass es IHN doch allein untersuchen.

Ich sollte es vielleicht markieren, sagte ich, damit es unter den anderen nicht verloren geht. Ich zwickte das Universum ein bisschen, sodass es eine kleine Delle in der Mitte kriegte. Nachdem es bei seinem Flug gestoppt und eingefangen worden war, saß es jetzt ruhig da.

Wir müssen ihm einen Namen geben, sagte Onkel Deva. Alles hat einen Namen. Irgendwas Hübsches. Mit einer richtigen Melodie. Warum nicht Amrita. Oder Anki. Oder Aalam.

Ach, Quatsch, sagte Tante Penelope. Du bist sentimental. Man kann doch einem Universum keinen Namen geben.

Natürlich kann man, sagte mein Onkel. Ein Name drückt das Wesen aus. Ein Name gibt einem Ding Charakter und eine Persönlichkeit.

Aber ein Universum hat doch gar keine Persönlichkeit, sagte meine Tante. Wenn ich es richtig verstehe, dann ist ein Universum … nun ja, eine Totalität. Ein Universum ist alles, was ist. Jedenfalls alles, was innerhalb von dem Ding ist.

Aber wir sind doch außerhalb, sagte mein Onkel.

Wenn es schon irgendwie benannt werden muss, sagte meine Tante, dann gib ihm wenigstens eine Nummer und nicht so was Kitschiges.

Eine Nummer!, rief Onkel Deva. Das ist viel zu unpersönlich. Nummern sind so abstrakt. Was sagst du, Neffe?

Ich schaute den eingedellten Kosmos an, den meine

Tante immer noch festhielt, als ob sie fürchtete, er würde gleich wieder davonsausen. Er schien mir ziemlich nichtssagend. Aber vielleicht würde ihm ein Name ja helfen, ein bisschen Profil zu entwickeln. Okay, sagte ich. Ich werde es Aalam-104729 nennen. So sei es.

104729?, sagte mein Onkel. Was für eine willkürliche Nummer.

In einem Dezimalsystem ist das die zehntausendste Primzahl, sagte ich. Die vergesse ich wenigstens nicht.

Verstehst du jetzt, warum ich einen Namen wollte?, sagte mein Onkel. Jetzt hauch dem Ding mal ein bisschen Geist ein.

Schau an, wer IHM plötzlich sagt, was ER tun soll, sagte Tante Penelope. Gerade eben noch wolltest du mir …

Jedes Ding muss einen Geist haben, sagte mein Onkel zu mir. Mach es, wie du willst, aber sorg dafür, dass es ein bisschen Geist hat. Und setz dabei dein *Gefühl* ein. Du hast etwas Tolles geschaffen, aber es wird noch großartiger, wenn es Gefühl hat und Schönheit und Harmonie und …

Deva, sagte meine Tante, ich hab dich noch nie so viel reden hören. Diese Diskussion macht mich ganz fertig. Ich werde mich hinsetzen. Wo ist mein Stuhl? Wo ist mein Stuhl?

Onkel Deva schlurfte davon und holte den Stuhl, den er Guptachandraha genannt hatte. Meine Tante, die immer noch Aalam-104729 umklammerte, ging zu ihrem Stuhl und setzte sich. Sie räkelte sich ein bisschen, seufzte und murmelte: Erst geht es um dies, dann um jenes. Wenn's nicht das eine ist, dann ist es das andere. Mal das eine, mal das andere. Ihr Murmeln schien zu versickern, und sie tat so, als würde sie einschlafen.

Ich muss darüber nachdenken, sagte ich. Ich fürchte, wenn ich dem Ding als Erstes Geist und Gefühl einhauche, vor allem anderen, dann kommt es ganz durcheinander und endet im Chaos. Ich muss mit ein paar *organisatorischen Prinzipien* anfangen.

Okay, okay, sagte mein Onkel. Es ist dein Projekt. Organisatorische Prinzipien. Okay. Wir werden dich jetzt damit allein lassen. Sag uns, wenn du fertig bist mit den ... organisatorischen Prinzipien. Lass IHN nur machen, sagte er zu Tante Penelope, die immer noch so tat, als schliefe sie. Mein Onkel ging zu ihr hinüber, nahm ihr Aalam-104729 sacht aus den Armen und überreichte es mir. Organisatorische Prinzipien, sagte er noch einmal. Lass dir damit Zeit, sagte Tante Penelope. Mehr verlange ich nicht.

Im Allgemeinen versuche ich, überall gleichzeitig zu sein, aber jetzt begab ich mich an ein Plätzchen im Nichts, wo ich allein sein konnte. Ich meditierte. Dann betrat ich das eingedellte Universum und schaute mich darin um. Es war natürlich ganz leer. Ich stellte mir vor, ich würde mich im Raum in verschiedene Richtungen bewegen. Dann stellte ich mir vor, dass ich mich in der Zeit vor und zurück bewegen würde, und kam zu dem Schluss, ich wollte sowohl die Zeit als auch den Raum in meinem Universum völlig symmetrisch haben, sodass jeder Ort und jeder Moment genauso sein sollte wie jeder andere. Das war bei Weitem der einfachste Kosmos, den man schaffen konnte, und ich wollte, dass mein erstes Universum recht einfach war. Symmetrie von Zeitpunkt und Position. Das war mein erstes Gesetz. Ich gestaltete Aalam-104729 danach um, sodass es meinem Gesetz gehorchte. Einen Augenblick vibrierte und murmelte das Universum, dann war es still. Das erste Gesetz schien mir gut.

Dann begann ich, über die Zukunft und die Vergangenheit nachzudenken. Ich wollte, dass im Inneren von Aalam-104729 die Zukunft klar von der Vergangenheit geschieden war, sodass jedes intelligente Wesen merkte, wenn *etwas passierte*. War das nicht der eigentliche Sinn meines Erwachens gewesen, dass ich dafür sorgte, dass etwas passierte?

Also organisierte ich die Energie in meinem Universum so, dass sie sich in einer nahezu perfekten Ordnung befand und ein rasiermesserscharfes Profil bildete. Dieses Profil begann allerdings praktisch sofort abzubröckeln. Es löste sich auf, franste aus, wurde stumpf und zerstreute sich, und das gefiel mir, denn jetzt gab es eine genau bestimmte Zukunft und Vergangenheit. Zu jedem gegebenen Zeitpunkt war die Vergangenheit die Richtung der Zeit mit der schärferen Kante der Energie, während die Zukunft die unscharfe Kante war. Das gefiel mir.

Dann machte ich ein zweites Gesetz. Es würde nichts Absolutes in meinem Universum geben, nur Relatives. Vor allem würde es nichts absolut Unbewegliches in Aalam-104729 geben. Der einzige absolute

Ruhepunkt wollte ICH selbst sein. Sollte etwas unbewegt scheinen, dann würde man aus einer anderen Perspektive sehen, dass es sich doch bewegte. Wenn ein Gegenstand seine Bewegung änderte, sollte alles gleich bleiben, ohne einen festen Bezugspunkt, von dem aus man hätte sagen können, dass die eine Bewegung anders war als die andere. Dieses zweite Gesetz war ebenso wie das erste ein symmetrisches Prinzip. Es hatte eine künstlerische Schönheit, und es war gut. Oder zumindest war es befriedigend – wenn es denn unmöglich war, Naturgesetze gut oder schlecht zu nennen. Es schien in Einklang mit der Musik des Nichts zu stehen.

Das zweite Gesetz verknüpfte natürlich Zeit und Raum, da zur Bewegung ja beides gehört. Ein bestimmter Zeitabschnitt war immer auch eine bestimmte Entfernung im Raum, und das Verhältnis der beiden waren die Geschwindigkeiten im Universum. Auch diese Beziehung zwischen Zeit und Raum war schön und gut.

Handelte ich schon wieder zu schnell? Ich fragte mich, ob Tante Penelope zusah. Obwohl ich innerhalb von Aalam-104729 war, konnte ich hinaussehen, denn ich konnte überall hinsehen. Ich entdeckte meine Tante und meinen Onkel weit draußen im Nichts. Sie schienen sich nicht für mich zu interessieren. Irgendwie hatte Onkel Deva sich auf den Stuhl meiner Tante gesetzt, die Beine weit ausgestreckt, als wollte er lange dort sitzen, während sie ihn schubste und stieß, um ihn von ihrem Stuhl zu vertreiben.

Da die beiden für eine Weile beschäftigt schienen, machte ich ein drittes Gesetz. Jedes Ereignis sollte von einem früheren Ereignis verursacht werden. Ich wollte nicht, dass die Dinge in meinem neuen Universum einfach so passierten. Ereignisse ohne Ursache hätten zu einem rücksichtslosen Kosmos geführt, in dem bloß der Zufall regierte. Nach meinem dritten Gesetz würde es für jedes Ereignis ein vorhergehendes geben, ohne das es nicht geschehen wäre. Und dasselbe galt für dieses vorhergehende Ereignis, das ebenfalls ein vorhergehendes Ereignis brauchte, durch das es bestimmt wurde, und so weiter und so fort durch eine ungeheure Kette von Ereignissen bis zu jenem *ersten Ereignis*, das natürlich mein ursprünglicher Schöpfungsakt war. Auch das war ein gutes Gesetz. Es verhinderte ein völliges Chaos. Es sicherte Aalam-104729 die Kausalität. Es schenkte ihm Rationalität und Logik. Und es brachte alles miteinander in Verbindung. Ursache und Wirkung würden jedes Ereignis mit jedem anderen verbinden, sogar mit allen multiplen nachfolgenden Ereignissen. Sie würden sich durch den ganzen Kosmos fortpflanzen und die Gesamtheit alles Seienden in einem Netz von Zusammenhängen und Abhängigkeiten verbinden. Selbst das kleinste Ereignis wäre mit anderen Ereignissen verbunden. War das nicht sehr tiefsinnig? Schau nur, wollte ich zu Onkel Deva sagen, Rationalität und Logik können sehr spirituell sein. Aber mein Onkel stritt sich noch mit Tante Penelope um den einzig vorhandenen Stuhl.

Besonders schön war, dass es immer noch genügend Raum für das Geheimnis gab. Selbst wenn ein besonders intelligentes Geschöpf im Universum jedes Ereignis auf ein vorhergehendes zurückführen konnte, und dieses wiederum auch auf ein vorhergehendes, immer weiter und weiter zurück, würde dieses intelligente Geschöpf niemals hinter das Erste Ereignis zurückgehen können. Es würde niemals wissen, woher die Erste Ursache kam, weil sie von außerhalb des Universums gekommen war. Auch das Nichts würde dieses Geschöpf nie kennenlernen. Die Erste Ursache würde immer unwissbar bleiben. Das Geschöpf würde rätseln müssen, und dieses Rätsel war ein Geheimnis. Auf diese Weise würde es in meinem Universum nicht nur Logik, Rationalität und organisierte Prinzipien geben, sondern auch Spiritualität und Geheimnisse.

Drei Gesetze. Ich schwebte im Inneren von Aalam-104729 herum und zwickte den leeren Raum hier und da, um zu sehen, ob die Gesetze hielten. Das taten sie. Keine losen Teile oder Widersprüche. Ich war zufrieden mit dem, was ich bisher gemacht hatte. Mehr als zufrieden. Im Rückblick schien es gar nicht so schwierig, ein Universum mit bestimmten Ordnungsprinzipien zu schaffen. Ganz umsonst hatte ich mir Sorgen gemacht. Ich war begierig, noch ein viertes Gesetz zu machen, und dann noch eins und noch eins. Ein ganzes Dutzend vielleicht oder zwei Dutzend.

Mein viertes Gesetz, wie sollte es lauten? Onkel Deva wollte Harmonie. Meine Symmetrieprinzipien waren harmonisch, aber ich konnte bestimmt noch mehr. Ich teilte die allgegenwärtige Energie in Teile, zu denen die jeweils nötige Kraft gehörte. Die Kräfte wiederum ordnete ich in eine Reihenfolge von der schwächsten zur stärksten. Na schön. Sehr harmonisch. Dann bestimmte ich, dass jede Kraft der Reihenfolge nach in einem bestimmten Verhältnis zur vorhergehenden stehen sollte, das heißt, sie sollte x-mal stärker sein, so wie bei einer wohltemperierten Tonleiter. Gesagt, getan. Was könnte harmonischer sein?

Aber dann geschah etwas Unerwartetes. Das Universum spannte sich und fing an, sich zu winden. Der Raum kriegte Risse, und Fetzen von Leere strömten herein. Kurz darauf kehrte sich das Innerste des Universums nach außen und es verschwand. Ich stand wieder im Nichts. Offensichtlich vertrug sich das vierte Gesetz nicht mit den drei ersten. Das regelmäßige Verhältnis der Kräfte war zwar sehr schön, widersprach aber der größeren Schönheit der eingebauten Relativität.

Ich sah mich um und stellte fest, dass meine Tante und mein Onkel glücklicherweise nirgends in Sicht waren. Hastig fing ich ein anderes Universum ein, das ungefähr dieselbe Gestalt und Größe wie Aalam-104729 hatte, knuffte es ein bisschen in der Mitte, damit es seinem Vorgänger ähnlich sah, und verpasste ihm meine drei ersten Gesetze. Drei Gesetze – dabei würde es bleiben. Ich würde denselben Fehler nicht zweimal machen.

Eine Seele für das Universum

Als Tante Penelope und Onkel Deva den Kosmos sahen, den ich gemacht hatte, waren sie nicht unzufrieden.

Nun, was haben wir?, fragte Onkel, der noch etwas zerknautschter aussah als sonst. Er hielt das Universum hoch und betrachtete es von allen Seiten. Obwohl es fast noch genauso aussah wie zuvor, hatte es jetzt ein neues Gewicht, fand er, und es vibrierte mit höherer Frequenz. Ja, sagte mein Onkel, deine drei Gesetze scheinen dem Dingelchen gut zu bekommen.

Das liegt daran, dass ER sich jetzt Zeit damit lässt, sagte meine Tante, wie ich IHM geraten habe. Nur wenn man sich Zeit lässt, kann man gute Arbeit leisten. Wenn man die Dinge überstürzt, zerstört man schnell mal ein Universum. Das wäre doch schade.

Onkel Deva übergab das neue Aalam-104729 an Tante Penelope, die nun ihrerseits anfing, es zu inspizieren. Sie rollte es auf die Seite, stellte es auf den Kopf und ließ es ein bisschen kreiseln. Aalam-104729 dehnte sich immer noch aus und wurde jeden Augenblick größer. Sie nickte zustimmend. Und?, fragte sie, was kommt als Nächstes, mein Junge?

Es ist immer noch leer, sagte ich. Vielleicht ist es an der Zeit, etwas hineinzutun.

Wenn ich noch einen letzten Vorschlag machen darf, sagte Onkel Deva. Du hast gesagt, dein Universum hätte jetzt Geist. Ich hab zwar diesen ganzen Schnickschnack mit Ursache und Wirkung nicht richtig verstanden. Mit solchen Erklärungen verwirrst du mich immer. Aber ich fände es eine gute Idee, wenn du deinem Universum eine *Seele* geben würdest. Du solltest dafür sorgen, dass alles im Universum nicht nur untereinander verbunden ist, sondern auch mit *dir*. Du bist schließlich der Schöpfer.

Ich glaube nicht, dass das nötig ist, sagte ich. Ich weiß, dass ich der Schöpfer bin. Aber es besteht kein Grund, dass meine Schöpfung das auch weiß. Du weißt es, Tante Penelope weiß es. Das reicht doch.

Sei nicht so bescheiden, sagte Tante Penelope. Da bin ich ausnahmsweise mit deinem Onkel ganz einer Meinung. Du bist der Schöpfer von allem. Deine Geschöpfe sollten das wissen. Sie sollten sich deiner und deiner Unendlichkeit bewusst sein. Und es geht dabei nicht nur um dich. Es geht auch um deine Familie, um uns alle hier im Nichts. Um unsere Reputation. Du bist ein Künstler, mein Junge. Deva und ich wissen dein künstlerisches Werk sehr zu schätzen, aber wir sind nur ein kleines Publikum.

Tante Penelope, bitte. Ich habe noch gar nicht entschieden, ob ich überhaupt lebende Geschöpfe schaffen will. Und noch viel weniger, ob ich Geschöpfe mit einem Bewusstsein schaffen will. Und schon gar nicht, ob ich Geschöpfe will, die sich MEINER bewusst sind. Ohne Bewusstsein ist es vielleicht viel gemütlicher. Es kann durchaus sein, dass ich mich entschließe, nur unbelebte Materie zu schaffen.

Was für eine Verschwendung!, sagte mein Onkel. So ein schönes Universum zu schaffen und dann nur unbelebte Materie hineinzutun? Das wäre doch *langweilig*. Langweilig, sage ich dir. Bin ich der Einzige, der denkt, dass es langweilig wäre?

Es wäre langweilig, bestätigte Tante Penelope.

Ja, gab ich zu. Es könnte langweilig sein.

Dann sind wir uns also einig, sagte mein Onkel. Es wird belebte, intelligente Materie in deinem Universum geben, und jedes lebende Wesen wird eine unsterbliche Seele haben, die es mit dir verbindet.

Warte mal, sagte ich. Nur wir und das Nichts können unsterblich sein. In Aalam-104729 gibt es keine Unsterblichkeit. Das Ding hat eine zeitliche Ausrichtung, die damit zu tun hat, dass seine Energie sich zerstreut, alles, was sich darin befindet, wird sich irgendwann auflösen. Nichts dauert ewig in Aalam-104729 oder irgendeinem anderen Universum, das ich geschaffen habe. Eine Seele kann ich mal in Betracht ziehen, aber unsterblich kann sie nicht sein. Sie muss der Richtung der Zeit folgen, genauso wie alles andere. Im Lauf der Zeit muss sie zerfallen und sich auflösen. Wir können nicht damit anfangen, aufs Geratewohl hier und da Ausnahmen von den Regeln zu machen, sonst landen wir wieder beim Chaos. Lasst mich darüber nachdenken ... Vielleicht werde ich jedem lebendigen Wesen einen kurzen Augenblick gestatten, in dem es etwas sehr Gewaltiges wahrnimmt, eine kurze, blitzartige Offenbarung MEINER, einen Hauch des unwandelbaren, unendlichen Nichts.

Und dann werden diese Geschöpfe vergehen?, sagte Deva. Sie werden sich auflösen und sterben? Und ihre Seelen mit ihnen? Lass die Seelen doch wenigstens in neue Körper zurückkehren. Sonst ist es doch schrecklich traurig.

Jetzt wirst du schon wieder sentimental, sagte Tante Penelope. Was weißt du denn über Traurigkeit? Keiner von uns weiß etwas darüber. Vielleicht existiert die Traurigkeit gar nicht. Lass uns spazieren gehen. Ich muss mich ein bisschen strecken.

Materie

Wir alle – Onkel Deva, Tante Penelope und ich – fühlten uns als Beschützer des kleinen Aalam-104729. Wir wollten unser Küken nicht allein lassen unter den Zillionen von anderen Universen, die im Nichts herumschwirrten. Deshalb nahmen wir es auf unserem Spaziergang mit. Tragen musste ich es, aber es war ja nicht schwer. Obwohl seine Masse unendlich war, war seine Unendlichkeit eine kleine Unendlichkeit, und ich spürte sie kaum.

Meine Tante ging vorneweg. Sie zupfte an den Falten des Nichts, wie es ihre Gewohnheit war, und blieb gelegentlich stehen, um kleine Fetzen davon aufzusammeln, die sie später vielleicht noch gebrauchen konnte. Sie war in Hochform. Wir hörten, wie sie mit sich selbst redete. Mein Onkel und ich blieben etwas zurück. Er war immer langsamer gewesen als sie, eine ihrer ehelichen Diskrepanzen. Nach jedem längeren Schlaf sprang sie auf und hatte neue Pläne für eine Sightseeingtour durch das Nichts, während wir uns auf die andere Seite drehten, eine Weile völlig groggy vor uns hin starrten und dann wieder einschliefen. Paradoxerweise war meine Tante viel geduldiger als mein Onkel. Sie nahm sich (mit Ausnahme ihrer äußeren Erscheinung) auch für kleine Dinge beliebig viel Zeit, während mein Onkel das große Ganze bevorzugte und bei Kleinigkeiten schnell das Interesse verlor. Er war der Idealist, sie war die pragmatischere von beiden.

Du musst ihm eine Seele geben, flüsterte Deva. Du hast ja gehört, was deine Tante gesagt hat.

Ich denke ja schon darüber nach, sagte ich. Lieber Onkel, können wir mal eine Weile nicht über die Seele reden und einfach bloß unseren Spaziergang genießen? Hör der Musik zu. Ein spielerisches Scherzo erfüllte gerade das Nichts. Hör zu.

Ja, natürlich, sagte Onkel Deva. Eine Weile bestimmt. Ich habe keine Ahnung, wo deine Tante hinwill.

Ungemessene Zeit verging.

Ich werde Materie machen, erklärte ich. Unbeseelte Materie.

Und dann?, fragte mein Onkel. Du wirst doch damit nicht aufhören?

Was ich danach mache, kann ich immer noch entscheiden, sagte ich. Macht es dir etwas aus, wenn ich mich erst mal um das andere kümmere? Mein Onkel zuckte die Achseln. Ich bin gleich wieder da, sagte ich. Du wirst gar nicht merken, dass ich überhaupt weg war.

Ich betrat das neue Universum erneut und verschaffte mir einen Überblick. Materie. Im Augenblick enthielt Aalam-104729 nur reine Energie. Aber meine beiden Symmetriegesetze garantierten bereits, dass aus Energie Materie gemacht werden konnte – es war sogar unumgänglich –, deshalb brauchte ich nur noch die Parameter für ein paar einfache Partikel festzulegen. Dieses hier dreht sich so schnell, jenes dort dreht sich so schnell, dieses reagiert auf diese Kraft, jenes reagiert auf jene, und so weiter und so weiter. Fertig.

Sofort erschien die Materie! De facto explodierte sie geradezu. Die Materie entstand so vehement, als hätte sie seit Äonen in einem Zustand frustrierter Potenzialität darauf gewartet, dass man ihr endlich Gelegenheit gab zu existieren. Elektronen, Tauons, Myonen, Top-Quarks, Bottom-Quarks, Squarks, Gravitonen, Photonen, Neutrinos, Neutralinos, Gluonen, W- und Z-Bosonen, Axionen, Gauginos, Winos und Zinos. Und mit der Materie kam natürlich prompt auch die Antimaterie: Positronen, Anti-Myonen, Anti-Quarks, et cetera und Anti-et-cetera.

Überall im Raum sprudelten die Höhen und Tiefen der Energie und spuckten Materie aus. Ein Teil dieser Materie wurde durch Antimaterie gleich wieder vernichtet und verwandelte sich in Energie zurück, aber die Energie brachte gleich wieder neue Materie hervor, sodass man ein ständiges Geben und Nehmen zwischen den beiden beobachten konnte. Energie erzeugte Materie, und Materie erzeugte Energie, die wiederum Materie erzeugte. Es war ein Mordsspektakel.

Vor allem die Photonen nahmen oft die Form einer oszillierenden Welle von elektromagnetischer Energie an. Ich beschloss, dieses Ding »Licht« zu nennen.

Überall dort, wo reichlich Photonen herumsausten und mit anderer Materie zusammenstießen, war Licht. Wo es keine Photonen gab, herrschte Dunkelheit. Damit, dass ich Materie und Energie geschaffen hatte, hatte ich auch Licht und Dunkel geschaffen, und ich sah, dass es gut war, obwohl ich noch nicht wusste, wozu.

Es gab jetzt also Raum, Energie und Materie. Das Universum wuchs vor meinen Augen und kühlte sich dabei ab. Die durchschnittliche Energie der Teilchen verringerte sich. Nach und nach begannen einige der Elementarteilchen zusammenzukleben und bildeten größere Partikel und Massen. Ich konnte mir vorstellen, dass in Zukunft Atome und Moleküle entstehen würden, Wellen von elektromagnetischer Energie, die durch den Raum plätscherten, riesige Gaswolken, die unter dem Einfluss der Schwerkraft kondensierten, spiralförmige Galaxien, deren helle Gaskugeln funkelten. Innerhalb dieser Kugeln, die vor nuklearen Reaktionen nur so strotzten, würden neue Elemente gebildet werden – Kohlenstoff, Sauerstoff, Schwefel und Magnesium. Dabei würden Neutrinos und Licht in gewaltigen Mengen verbreitet. Dann würde es zu titanischen Explosionen kommen, die noch mehr Elemente in den Raum schleuderten. Ich konnte mir gewaltige scheibenförmige Gaswolken vorstellen, die um entstehende Sterne kreisten; elliptische Umlaufbahnen von Kometen; Materie, die zu felsigen Planeten aus Quarzen und Eisen kondensierte; aber auch gasförmige Planeten aus Wasserstoff und Helium; eisige Planeten aus gefrorenem Methan; geschmolzene Planeten aus flüssigem Schwefel;

Planeten im Vorwärts- und Rückwärtsgang; brodelnde Magnetfelder, die Materie zur Höchstgeschwindigkeit beschleunigten; Atmosphären aus Schwefeldioxyd, Ozeane, Berge und Lagunen voller Silizium. Mit der Zeit würde es all diese Dinge geben. Und all das war nur dumme, träge Materie.

Der Fremde kehrt zurück

Tante Penelope kam strahlend vor gesunder Erschöpfung von ihrem Spaziergang zurück. Sie lief leicht gebückt, denn sie hatte Berge von Leere gesammelt. Es gibt nichts Besseres, sagte sie. Sie warf Onkel Deva einen Blick zu und runzelte die Stirn. Wenn du dich bloß etwas schneller bewegen könntest, sagte sie. Schau dich mal an. Du bist so elend langsam.

Und *du*, sagte mein Onkel, fegst durch die Gegend wie … ich weiß gar nicht, womit ich dich vergleichen soll, aber so ist es. Kannst du nicht mal stehen bleiben und auf die Musik hören? Können wir nicht ausnahmsweise mal *zusammen* spazieren gehen? Er gab ihr einen Kuss.

Deva!, sagte sie. Doch nicht hier draußen! Sie gab ihm ein paar krumme Stücke Nichts zu tragen, seufzte und begann, neben uns herzugehen.

Ich habe Materie geschaffen, sagte ich beiläufig.

Wirklich?, sagte Tante Penelope. Sie nahm Aalam-104729 in die Hände und schüttelte es. Das Universum klapperte ein bisschen. Ja, sagte sie, da ist jetzt tatsächlich irgendwelches Zeug drin. Gratuliere! Aber diese ganzen Gratulationen sind sicher ein bisschen ermüdend. Vielleicht sollten wir mal eine Weile aufhören damit.

Es wird Zeit, dass da eine Seele reinkommt, sagte Deva.

Aber es ist doch nur unbelebte Materie, sagte ich. Ich habe noch gar keine …

Durch ein Heulen, dem ein hämisches Kichern folgte, wurden wir unterbrochen. Dann erschien Baphomet vor uns, der wie gewöhnlich grinste. Das Biest sprang auf und nieder, schlug ein Rad und hielt den blöden Blick auf mich gerichtet.

»Was willst du?«, fragte meine Tante. »Weg mit dir.«

»IHN«, sagte das Biest und zeigte auf mich. »Mein Herr will mit IHM reden. Mein Herr wartet da drüben.« Das gedrungene Biest zeigte in eine bestimmte Richtung des Nichts.

»Du bist ein Ärgernis«, sagte meine Tante. »Mein Neffe reagiert auf solche Vorladungen nicht. Mein Neffe ist derjenige, der andere vorlädt.«

Das Biest drehte sich mit seinem abscheulichen Grinsen zu Tante Penelope um, fletschte die Zähne und fing an zu lachen. »Du vergisst dich, Penelope.« Dann machte es einen Salto, bei dem sein Grinsen an Ort und Stelle blieb, während nur der Rest seines Körpers durchs Nichts wirbelte. »Macht, was ihr wollt«, sagte das Biest. »Aber mein Herr mag es nicht, wenn er warten muss.« Es fletschte erneut die Zähne und trabte davon.

»Das ist unerträglich«, sagte meine Tante zu mir.

»Dieses Vieh – was immer es sein mag – redet mit mir, als wäre … Ganz unerträglich! Eine Schande!«

»Wie ich sehe, hat das Gesetzemachen begonnen«, drang plötzlich eine Stimme aus dem Hintergrund. Der Fremde war wieder da, inzwischen doppelt so groß wie zuvor. Er verbeugte sich vor Tante Penelope und Onkel Deva. »Darf ich mal sehen?« Und schon hatte er sich des Universums Aalam-104729 bemächtigt. »Ich frage mich, warum Sie gerade dieses Universum gewählt haben, aber egal. Dann nehmen wir eben das.« Er studierte es genauer und schnupperte daran. In seinem Griff schien es zu schaudern.

»Das gehört Ihnen nicht«, sagte Onkel Deva.

»Es gehört uns allen«, sagte der Fremde. »Es ist … wie soll ich das ausdrücken … Es wird den Weg zu unserer Vollendung ebnen, sodass wir größer werden, als wir jetzt sind.«

»Du musst diesen Gräuel zerstören«, sagte Tante Penelope zu mir. Sie wandte sich dem Fremden zu. »Wer sind Sie?«

»Mein Name ist Belhor«, sagte der Fremde. »Aber Sie können mich auch Fedir oder Belial oder noch anders nennen. Ich entschuldige jedwede Beleidigung.« Der Fremde verbeugte sich erneut und hielt Tante Penelope das Universum mit der Delle hin. »Wie ich schon zu Ihrem Neffen sagte, haben Sie eine hübsche Gegend hier. Außerdem muss ich Sie zu der zauberhaften Musik beglückwünschen.«

»Sie sind überhaupt nicht berechtigt zu existieren«, sagte meine Tante. »Mein Neffe hat Sie nicht gemacht.«

»Oh doch! Das hat ER getan«, sagte Belhor.

»Oh ja! Das hat er, das hat er bestimmt«, sagte Baphomet, brach in bellendes Gelächter aus, machte zwei Purzelbäume und eine Verbeugung. »Das ist ja das Beste daran.«

»Was wollen Sie hier?«, sagte ich. »Ich habe zwar unbegrenzte Macht, aber nur eine sehr begrenzte Geduld.«

»Schön gesagt«, erwiderte Belhor. »Ich würde gern Ihre Gesetze mit Ihnen erörtern, die Sie für dieses Universum machen.«

»Da gibt es nichts zu erörtern«, sagte ich. »Die Gesetze sind schon gemacht.«

»Ah«, sagte Belhor. »Aber die Gesetze, die Sie gemacht haben, sind nur die physikalischen Gesetze, diejenigen, die das Verhalten der Elementarteilchen regeln. Hab ich recht? Irgendwann in der Zukunft wird es auch intelligente Wesen in Ihrem Universum geben, und über die Gesetze, die deren Verhalten regeln, würde ich gern mit Ihnen reden. Ich glaube, dass wir alle der Ansicht sind, dass belebte Materie weit interessanter ist als unbelebte Materie.«

»Belebte Materie wird denselben Gesetzen unterliegen wie die unbelebte Materie«, sagte ich.

»Für jemanden, der so mächtig ist wie Sie …« Der Fremde lachte. »Ich fürchte, so einfach ist es nicht. Wie wir schon früher gesagt haben, ist der Geist ein ganz besonderer Ort. Wir alle und besonders Sie sollten die Raffinesse und Komplexität des Bewusstseins nicht unterschätzen, wenn es sich einmal gebildet hat.

Wollen Sie wirklich, dass jeder Gedanke und jede Handlung einer intelligenten Kreatur in Ihrem Universum von physikalischen Gesetzen bestimmt werden soll?«

Ich nickte.

»In diesem Fall«, sagte Belhor, »werden Ihre intelligenten Geschöpfe keinerlei Unabhängigkeit bei ihren Gedanken und Handlungen haben. Sie werden vollständig von Ihnen beziehungsweise den physikalischen Gesetzen kontrolliert werden, die Sie geschaffen haben, was in der Praxis dasselbe ist. Müsste man dann nicht sagen, dass ihr Leben absolut vorbestimmt ist? Verstehe ich das richtig?«

»Ach, ist das lustig«, bellte Baphomet. »Ich bin so froh, dass ich dabei bin.« Das Biest drehte sich zu Tante Penelope um und zeigte sein unaufhörliches Grinsen. »Hab ich euch nicht gesagt, dass man mit meinem Herrn nicht leichtfertig umgehen darf? Hab ich doch, hab ich doch.«

»Ich sehe, Sie haben darüber nachgedacht«, sagte ich zu Belhor. »Was Sie sagen, ist durchaus logisch. Die Gedanken und Handlungen belebter Materie, wenn es solche Materie jemals geben wird, werden durch die bisherigen Gesetze und das Verhältnis von Ursache und Wirkung bestimmt werden. Das ist meine Absicht. Wenn es Regeln gibt, dann gelten sie auch für alles, und für belebte Materie gibt's keine Ausnahmen.«

»Das heißt, Sie wollen die volle Kontrolle über Ihre Schöpfung, über die belebte genau wie die unbelebte«, sagte Belhor.

»Du musst dieses Monstrum beseitigen«, sagte Tante Penelope zu mir. »Es terrorisiert dich.«

»Nein, Tante. Diese Diskussion interessiert mich.«

Belhor verbeugte sich. »Vielen Dank für Ihren Respekt«, sagte er und sah mich einen Moment lang an, ohne etwas zu sagen. »Und ich möchte Ihnen mit dem gleichen Respekt sagen, dass ich glaube, Ihr Ego steht Ihnen im Weg. Warum brauchen Sie diese komplette Kontrolle? Trauen Sie Ihren intelligenten Geschöpfen nicht zu, selbstständig zu handeln, ohne Überwachung von Ihnen? Denken Sie vielleicht, dass sie etwas tun könnten, was Ihnen peinlich ist oder was Sie für unpassend oder unwürdig halten?«

»Es ist keine Frage des Vertrauens«, sagte ich zu ihm. »Es ist eine Frage der Konsequenz.« Ich stellte fest, dass ich betroffen war, und wollte diese Betroffenheit untersuchen oder zumindest besser erklären. »Sie verstehen doch sicher, dass ich kein Universum möchte, das ein Kuddelmuddel von widersprüchlichen Regeln und Vorgängen ist? Wo würde das hinführen? Wir mögen alle ein bisschen Zweideutigkeit und Raffinesse, aber dafür muss es Grenzen geben … Belebte Materie sollte denselben Gesetzen und Regeln unterliegen wie die unbelebte Materie. Und da diese Gesetze das Verhalten der unbelebten Materie vollkommen bestimmen, bestimmen sie auch das Verhalten der belebten Materie.«

»Dann ist die belebte Materie uninteressant«, sagte Belhor. »Ich bin enttäuscht über das, was ich hier gehört habe. Und für den Augenblick gibt es nichts weiter zu reden.«

»Oh, mein Herr ist enttäuscht«, sagte Baphomet, der sich das Universum geschnappt hatte und es wie einen Gummiball dotzen ließen. »Mein Herr ist sooooo enttäuscht, und Master Belhor zu enttäuschen ist eine ganz böse Sache.«

»Bitte ignorieren Sie Baphomet einfach«, sagte der Fremde. »Er hat sehr mangelhafte Manieren und ist etwas übereifrig. Jetzt machen wir uns auf den Weg.«

Das Universum ernährt sich selbst

Was für ein unangenehmer Bursche, sagte Onkel Deva. Und so arrogant. Hast du gesehen, wie er hier herumstolziert ist? Als ob ihm das alles gehörte.

Er hat einen üblen Geruch, sagte meine Tante. Ich möchte wissen, wo der eigentlich herkommt. Wenn ich die Macht dazu hätte, würde ich …

Ich weiß gar nicht, warum wir diesen unangenehmen Burschen ertragen sollen, sagte mein Onkel. Nach Äonen und Aberäonen von friedlichem Zusammenleben im Nichts stiftet der Kerl hier Zwietracht und ganz ungute Gefühle.

Genau, sagte meine Tante. Dann sah sie sich stirnrunzelnd um. Wo ist unser Universum? Hat es dieser Baphomet womöglich mitgenommen? Wir haben das Universum verloren. Das letzte Mal, als ich es gesehen habe, hat dieses scheußliche Biest, dieser Baphomet, damit rumgespielt. Man hätte denken können, er will es fressen.

Mein Onkel und meine Tante gingen ruhelos auf und ab und suchten nach Aalam-104729. Wie immer bewegte sich meine Tante viel schneller als Deva. Sie spähten unter Schichten von Nichts, fegten durchsichtige Ranken und Schleier von Leere beiseite und spitzten die Ohren, um vielleicht das leise Rumpeln und Gurgeln des jungen Universums zu hören.

Wo ist es nur hin?, murmelte Tante Penelope. Ich glaube, ich erwürge dieses Scheusal persönlich. Und seinen Köter gleich mit. Wo kann unser Universum bloß sein? Es war eigentlich nicht sehr groß. Noch sehr klein. Nicht groß, gar nicht groß. Wo ist es bloß? Wo ist es? Tante Penelope ging in großen Kreisen herum und kehrte ab und zu dahin zurück, wo mein Onkel war. Sie starrte ihn stirnrunzelnd an und brach dann wieder auf. Mein Onkel stolperte unterdessen ohne besondere Richtung herum, verwirrt und besorgt.

Ich weiß nicht, wie viel Zeit auf diese Weise verging, denn ich dachte immer noch über das Gespräch mit Belhor nach. Schließlich rief meine Tante: Steh doch nicht bloß rum, Junge. Könntest du dich vielleicht entschließen, uns ein bisschen zu helfen?

Da ich allwissend und allsehend war, entdeckte ich Aalam-104729 natürlich sofort, es lag auf der Seite hinter einem vergänglichen Hügel von Nichts, als hätte es der immer grinsende Baphomet einfach weggeworfen. Da hinten ist es, sagte ich.

Oh, rief mein Onkel, schlurfte hinüber, hob das weggeworfene Universum auf und wiegte es in den Armen. Ich hab das kleine Universum schon richtig gern, flüsterte er. Es ist peinlich, das zu sagen, aber ich mag es. Er behielt das Universum eine Weile im Arm und legte es dann behutsam in eine Falte des Nichts.

Solche Anhänglichkeit führt leicht zu Enttäuschungen, sagte ich. Es gefiel mir, meine Tante und meinen Onkel manchmal ein bisschen zu zausen, wenn sich die Gelegenheit bot.

Ja, ja, ich weiß, sagte mein Onkel.

Ich war wieder genauso aufgeregt wie nach Belhors erster Einmischung. Aber als ich Aalam-104729 ansah, einen rosigen, runden Ball, der schon wieder erheblich größer war als beim letzten Mal, spürte ich eine gewisse Ruhe und eine hoffnungsvolle Erwartung. Es ist so vieles möglich bei einem neuen Universum. Jetzt verstand ich Belhors Bemerkung, dass uns dieses Universum alle bereichern würde. Endlose Epochen ungemessener Zeit lang hatten wir geschlummert und in schöner, aber geistloser Leere verharrt. Im Rückblick hatten wir uns gewaltig gelangweilt. Diese kleine vibrierende Kugel voller Möglichkeiten konnte das alles ändern. Sie war kleiner als wir, aber auch größer. Und jetzt lag sie in einer kleinen Furche des Nichts und hatte durch die grobe Behandlung von Baphomet offenbar keinen Schaden genommen.

Dein Universum wird ein bisschen Pflege brauchen, sagte Tante Penelope.

Glaub ich nicht, sagte ich. Ich hab ihm einige Gesetze und ein paar Quanten-Parameter gegeben. Ursache und Wirkung. Ich glaube, es kommt schon alleine klar.

Bitte, sagte Tante P. Das kleine Ding ist so …

Zart, sagte Onkel Deva.

Meinem Onkel und meiner Tante zuliebe ging ich

also noch einmal in das Universum hinein und sah mich darin um. Tatsächlich, der Kosmos brummte und schien keine Hilfe zu brauchen. Seit meinem letzten Besuch war das Universum abgekühlt, und immer mehr Teilchen konnten sich aufgrund der wechselseitigen Anziehungskraft miteinander verbinden. Ich war fasziniert von der Vielfalt der Dinge und Wirkungen. Dreiergruppen von Quarks hatten sich zu Neutronen und Protonen zusammengeschlossen, die mit rasender Geschwindigkeit herumsausten, stets von einem ultravioletten Nebel weicher Gluonen umgeben. Wenn sie mit anderen wilden Materiekernen zusammenstießen, kam es zu einer heftigen Gammastrahlung. Überall drehten sich die Teilchen um die eigene Achse oder machten Ausweichmanöver in magnetischen Feldern. Teilchen beschleunigten sich und lösten sich in reine Energie auf.

Hier und da bildeten sich Klumpen von Elektronen und Positronen, kleine Abweichungen von der mittleren Dichte, und diese instabilen, aufgeladenen Regionen oszillierten und vibrierten in Reaktion auf die elektrischen Kräfte der Anziehung und Abstoßung zwischen ihnen. Aufgrund meiner Gesetze über die elektromagnetischen Kräfte löste jedes Vibrieren dieser geladenen Teilchen eine Flut von polarisierten Photonen mit einem Kaleidoskop von Farben aus und erzeugte einen Anblick, der weitaus spektakulärer war als die flüchtigen Schleier des Nichts. Es gab Kaskaden und Blüten von Licht, Spiralen von Energie, widerhallende Schwingungen von Quark-Wolken. Und dann die gespenstischen Töne: Seufzer von ultrahoher Frequenz, plötzliches Knallen, dissonante Crescendos, wenn sich das gasförmige Plasma, das den Raum erfüllte, unter den Schock- und Druckwellen von Energie verformte. Natürlich war die Verteilung von Materie und Energie ungleichmäßig, es gab kleine Täler und Gipfel. Die Schwerkraft bemühte sich, diese verstreuten Akkumulationen zu stärken, aber die Teilchen waren immer noch so heiß und energiegeladen, dass es fast gar keine Schwerkraft zu geben schien. Das sollte sich später ändern, je mehr das Universum sich ausdehnte und abkühlte.

Im leeren Raum zwischen den Stellen, wo sich kondensierte Materie zusammenklumpte, schossen Teilchenpaare und ihre Anti-Teilchenpaare herum, sodass es keinen Winkel des Raums gab, von dem man sagen könnte, er schliefe. In Wirklichkeit schien der scheinbar leere Raum zu brodeln, weil überall neue Teilchen entstanden und wieder verschwanden.

In dieser ersten Zeit flog jede Nadelspitze von Materie noch fast mit der Geschwindigkeit von Photonen herum, der vom Gesetz erlaubten Höchstgeschwindigkeit. Der Raum war ein summender Nebel von subatomaren Partikeln, die mit fantastischer Geschwindigkeit kreuz und quer durcheinanderschossen und aufeinanderprallten. Energiefelder lagen wie große, weiche Decken im Kosmos und zuckten leicht, wenn sie neue Partikel erzeugten oder wieder absorbierten. Und die Quantenphysik triumphierte in jedem Bereich des Seins. Teilchen funktionierten wie Wellen, und Wellen wie

Teilchen. Überall im Raum flirrten alternative Wirklichkeiten. Materie und Energie tauchten auf und verschwanden, verschmolzen miteinander und tauschten die Identität aus. Und überall, wo winzige Mengen von Etwas entstanden, konspirierten die Quantenmechanik und die Schwerkraft, um ein buntes Mosaik aus der Geometrie des Daseins entstehen zu lassen.

Es war begeisternd. Es war glorios. Es war viel mehr, als ich mir vorgestellt hatte. Und gleichzeitig war alles vollkommen logisch. Es folgte alles unweigerlich aus den wenigen Gesetzen, die ich festgelegt hatte. Ich brauchte mich nur zurückzulehnen und zuzusehen, wie sich der Kosmos in der Zeit entfaltete.

Die Vermessung der Wirklichkeit

Die Zeit existierte zwar, aber sie war noch nicht messbar. Das sollte sich freilich bald ändern, denn inzwischen begannen sich Wasserstoffatome zu bilden.

Dadurch, dass Aalam-104729 sich ausdehnte, kam es an einen Punkt, wo es sich so weit abgekühlt hatte, dass die Protonen einzelne Elektronen einfangen und festhalten konnten. So entstanden Wasserstoffatome, die einfachsten aller Atome. In jedem Wasserstoffatom wurde ein Proton von einem Elektron umkreist. Das waren meine ersten Atome! Sie waren wunderschön. Manche waren rund, andere oval oder diploid, was vom Quantenzustand des jeweiligen Elektrons abhing. Muster innerhalb von Mustern von Mustern, die alle so perfekt wie die Zahl π waren und von den wenigen Regeln über die Quanten bestimmt wurden, die ich aufgestellt hatte. Die Atome summten leise und glühten, wenn die rotierenden Elektronen Photonen ausstießen. Die Atome gaben der Materie eine gewisse Schwammigkeit, eine kissenartige Struktur, die sie zuvor nicht gehabt hatte.

Zugleich waren die Wasserstoffatome auch die ersten Uhren. Das von diesen Atomen ausgestrahlte Licht vibrierte mit einer präzisen, stets gleichbleibenden zeitlichen Frequenz, und jede dieser Schwingungen war ein Ticken der Uhr. Hoch und Tief und Hoch und Tief, Wellenberg, Wellental, Wellenberg, Wellental – tick, tick, tick, tick, tick, tick. Jetzt konnte man jede beliebige Zeitspanne messen, indem man die Schwingungen eines Wasserstoffatoms zählte. Aalam-104729 war danach gerade $4{,}52948 \times 10^{29}$ Ticks alt. Die ersten Neutronen und Protonen hatten sich etwa $2{,}5 \times 10^{9}$ Ticks nach der Geburt des Universums gebildet, die ersten Atome um 3×10^{28}. Ich war überrascht, wie viel Zeit schon vergangen war, jedenfalls gemessen an der Schlagzahl meiner Wasserstoffatome.

Jetzt hatten wir Uhren. Die Zeit existierte nicht nur, sondern konnte auch quantifiziert und gemessen werden. Sie konnte in Abschnitte eingeteilt werden, die dem Pulsieren von Atomen entsprachen. Bisher konnten wir sagen, ein Ereignis hatte in der Vergangenheit gelegen, jetzt konnten wir sehr viel mehr. Wir konnten sagen, wie lange es genau her war, das heißt, wie weit zurück es in der Vergangenheit lag. Auch die Dauer von Ereignissen, die Zeit zwischen A und B, konnte mit einer präzisen Zahl bezeichnet werden. Die Begriffe schnell oder langsam, träge oder munter hatten jetzt eine echte Bedeutung. Endlich konnte ich auch die Intervalle zwischen Tante Penelopes Schnarchtönen messen, die sie allnächtlich ausstieß (im Schnitt 10^{20} Wasserstoffatom-Ticks, wenn sie sich in guter Laune zur Ruhe legte, deutlich weniger, wenn sie verärgert war).

Eine von Tante Penelopes endlosen Predigten, in denen sie mir zu sagen versuchte, was ich tun sollte, dauerte oft 10^{21} oder 10^{22} Ticks. Und einer von Onkel Devas gemütlichen Spaziergängen im Nichts dauerte 10^{25} bis 10^{26} Ticks. (Verglichen mit diesen Ereignissen waren meine Gedanken praktisch verzögerungsfrei, denn sie erfolgten in einem Millionstel eines Billionstels eines Billionstels eines Atomticks.) Wie viel Zeit ich damit verbracht hatte, gar nichts zu tun, und wie lange wir alle in bewusstlosem Dämmerschlaf und Erstarrung verbracht hatten, mochte ich allerdings gar nicht ausrechnen.

Da Zeit und Raum durch die Geschwindigkeit des Lichts miteinander verknüpft waren, führte die Quantifizierung der Zeit automatisch auch zu einer Quantifizierung des Raums. Jede Entfernung konnte dadurch gemessen werden, dass man feststellte, wie viele Ticks der Atomuhr ein Photon brauchte, um sie zurückzulegen. Der Durchmesser eines Neutrons betrug zum Beispiel ein Hundertstel eines Millionstels dieser Licht-Atomticks. Der Durchmesser eines Atoms war hunderttausendmal größer. Wenn man zugrunde legte, wie lange ein Photon für die Strecke brauchte, betrug der Durchmesser des gesamten Universums 9×10^{29} Licht-Atomticks und wuchs ununterbrochen.

Ich war so entzückt, jetzt eine zuverlässige Methode zu haben, um die Wirklichkeit damit zu quantifizieren, dass ich sogleich begann, alles zu messen, was mir unter die Finger kam. Ich stellte die Größe von gewissen Quark-Kondensationen fest: 10^{-7} Atomticks. Die durchschnittliche Größe einer Materie-Inhomogenität: 10^{27} Licht-Atomticks. Die Zeit, die ein bestimmtes Bassin voller Antimaterie brauchte, um von der Materie vernichtet zu werden: 1,003 Atomticks. Die Zeit, die das Universum brauchte, um seine Größe zu verdoppeln: 10^{30} Atomticks.

Onkel Deva war entsetzt. Er fürchtete schon, ich würde jetzt auch das Nichts mit Lineal und Uhr vermessen. Er wisse durchaus zu schätzen, was ich bisher geleistet hätte, sagte er, aber jetzt ginge ich doch zu weit.

Zu weit?

Na ja, was weißt du denn über eine Sache, wenn du ihre genaue Größe und Dauer kennst? Du weißt genau gar nichts, das ist alles, sagte mein Onkel.

Aber wie soll ich eine Sache sonst mit anderen vergleichen?, protestierte ich.

Wozu willst du denn überhaupt etwas vergleichen?, sagte mein Onkel. Jedes Ding hat seinen speziellen Wesenskern, der sich mit keinem anderen vergleichen lässt. Wenn du das Wesen der Dinge verstehst, sagte mein Onkel, dann weißt du alles, was du wissen musst. Und ich garantiere dir, dass dieser Wesenskern nichts damit zu tun hat, wie viele Atomklicks – oder wie du das nennst – etwas hat. Nein, mein Lieber. Du hältst dich selbst zum Narren.

Auch Tante P. beäugte die losen Wasserstoffatome, die ich ins Nichts mitgebracht hatte, mit größtem Misstrauen. Wage es bloß nicht, mich mit diesen Dingern da messen zu wollen, sagte sie.

Aber ich wollte doch bloß …

Kein Wenn und Aber, sagte meine Tante. Ich bin *unermesslich* und gedenke das auch zu bleiben. Punkt. Ich wünsche nicht, dass irgendeine schwachsinnige Kreatur in irgendeinem Universum meine Maße erfährt. Bring dieses Zeug nicht mit ins Nichts. Deine Atome sollen bleiben, wo sie sind.

Amen, sagte mein Onkel.

Es schien, dass ich der Einzige war, der sich an den Uhren und Maßstäben freute.

Galaxien und Sterne

Auf der Grundlage der kausalen Notwendigkeit nahmen die Ereignisse in Aalam-104729 mit eindrucksvoller Unvermeidlichkeit ihren Lauf, ohne dass ich auch nur im Mindesten nachhelfen musste. Während das Universum sich ausdehnte, kühlte sein materieller Inhalt sich immer mehr ab. Die leuchtenden Farbspiele wurden gedämpfter. Die Schwerkraft gewann allmählich stärkeren Einfluss und begann, die Materie neu zu gestalten. Während sich die kleinen Kondensationskerne der Materie in der gewaltigen Hitze bisher immer gleich wieder aufgelöst hatten, wurden sie jetzt größer und dichter. Hier und da bildeten sich stabile Nebel aus Wasserstoffgasen. Statt der nahezu gleichmäßigen Verteilung der Materie im Raum gab es jetzt amorphe Zusammenballungen, Bögen, Höhenzüge und Täler, die sich zu immer größeren Klumpen verdichteten. Je größer die Masse der Teilchen in so einem Klumpen war, desto größer war seine Schwerkraft und desto mehr andere Teilchen zog er zu sich heran. Das Plasma, die frühere sämige, beinahe flüssige Beschaffenheit der Materie, war sehr schön gewesen, aber dieser topografische

Aufbau mit seinen Formen war noch viel schöner. Es gab lineare Fasern. Es gab breite Gewebe und sphärische Hohlräume. Es gab Ellipsoide, Sphäroide und topologische Hyperboloide. Große Wolken von Wasserstoff wirbelten in spiralförmigen Nebelfahnen durchs All. Innerhalb dieser wirbelnden Galaxien bildeten sich kleine Knoten von heißen Gasen, die in sich zusammenfielen, dichter wurden und sich dabei aufheizten – im Gegensatz zum restlichen Universum, das immer dünner und kälter wurde.

Nach 10^{31} Ticks meiner Atomuhr kam es zu einem neuen wunderbaren Phänomen. Die gasförmigen Materieknoten in allen Galaxien waren zu fast perfekten Kugeln geworden, die sich unter dem Einfluss ihrer eigenen Schwerkraft immer mehr zusammenzogen und dabei heißer und heißer wurden. Allmählich wurde die Hitze in diesen Massekugeln so groß, dass ihre Wasserstoffatome zu Heliumatomen verschmolzen, dem nächsten Element nach dem Wasserstoff. Bei jedem Tick der Atomuhr kam es zu Billionen dieser Verschmelzungen, bei denen gewaltige Mengen von Kernenergie freigesetzt wurden. Gerade eben waren diese allgegenwärtigen Gasbälle noch dunkle Kugeln in der Dunkelheit des Alls gewesen. Jetzt strahlten sie, strotzend vor Energie. Die ersten Sterne waren geboren.

Ich erinnere mich noch genau, wo und wann ich den ersten Stern im Universum gesehen habe. Ich war gerade auf einem langen Spaziergang mit meinem Onkel und hörte ihm zu, wie er sein Lieblingsstück vor sich hin summte, ein dissonantes, rhythmisches Kreischen, als ich bemerkte, dass im Inneren von Aalam-104729 etwas passierte. Unter den Milliarden von dämmrigen Galaxien flammte plötzlich ein winziges, helles Licht auf. (Mein Onkel hat diese spezifische Galaxie, die den ersten Stern hervorgebracht hat, auf den Namen Ma'or und den Stern selbst Al-Maisan getauft.) Als ich genauer hinschaute, stellte ich fest, dass ein einziges Kügelchen, das nur ein Billionstel der Masse des Universums ausmachte, das ganze Licht produzierte. So ein winziger Fleck im Verhältnis zur Galaxie. Und doch war es ganz unverkennbar. In den schwarzen Tiefen des Alls war dieser winzige Lichtfleck zu sehen. Er funkelte durchdringend. Die ultraviolette Strahlung, die von ihm ausging, drang in die umgebenden Gasnebel ein und spaltete die Atome in seiner Nähe, indem es die Elektronen von den Protonen wegriss. Und während die Elektronen sich mit den Protonen unter ständiger Abschwächung der Energiemengen wieder vereinigten, strahlten sie Licht ab. Rund um den Stern bildete sich eine leuchtende Hülle aus Gas, die violett, gelb, orange und rot leuchtete. Der Stern erschien als grelles ultraviolettes Pünktchen in der Mitte einer sanft glühenden farbigen Wolke.

Dann gingen einer nach dem anderen weitere Sterne auf. Da. Und dort, und dort. Plötzlich waren es Hunderte, Tausende, Millionen von ultravioletten Lichtpünktchen, die von sanft glühenden Wolken umgeben waren. Und dann begann sich vor meinen Augen, eine andere Galaxie, eine Million Galaxiendurchmesser entfernt, mit leuchtenden Sternen zu füllen. Und dann noch eine, noch eine. Milliarden von Galaxien mit funkelnden Sternen.

Schau mal, Onkel, sagte ich. Siehst du, was in unserem Universum passiert ist? Aber Onkel Deva konnte natürlich nicht in das Universum hineinsehen, das gerade friedlich in Tante Penelopes Schoß ruhte, während sie auf ihrem Stuhl kippelte. Von außen sah Aalam-104729 noch genauso aus wie zuvor, obwohl es sich immer noch ausdehnte. Von der Veränderung im Inneren war nach außen hin nichts zu sehen. Kommt mit, ich werde es euch zeigen, sagte ich. Ich komprimierte meinen Onkel und meine Tante zu kleinen hüpfenden Pünktchen und nahm sie ins Innere des Universums mit. Ich führte sie durch das All, mit einem Schritt von einer Galaxie zur anderen. Einige Milliarden Ticks lang sagten sie gar nichts. Sie lächelten und nickten nur.

So was hab ich noch nie gesehen, sagte Tante P. Ich … ich hab so was noch nie gesehen. Ich hätte gern welche von diesen Dingern im Nichts. Kannst du ein paar mit nach Hause nehmen?

Ich weiß nicht, ob das eine gute Idee ist, sagte mein Onkel, das Nichts hat ein ganz eigenes Wesen. Und dieses Universum ein anderes. Diese wunderschönen Lichter sollten bleiben, wo sie sind. Wir können sie ja öfter besuchen. Ach, es ist wirklich wunder-, wunderschön, was du geschaffen hast, Neffe.

Ich habe nur ein paar organisatorische Prinzipien aufgestellt, sagte ich.

Deine Bescheidenheit hab ich allmählich gründlich satt, sagte Tante P. Kannst du nicht wenigstens einmal zugeben, dass du ein Genie bist? Du bist ein Künstler allerersten Ranges.

Und ein Mathematiker auch, sagte Onkel Deva, und ein Physiker obendrein.

Das alles zusammen, sagte meine Tante. Ich habe es immer gewusst: Wir haben ein Genie in der Familie. Wart mal, sagte Onkel Deva. Ich höre etwas. Hört ihr das auch? Ja, ich höre es, sagte Tante P. Es ist Musik, wunderbar, wie im Nichts, aber anders. Das ist die Musik der Galaxien, sagte mein Onkel.

Planeten

Während Onkel Deva, Tante Penelope und ich zwischen den Galaxien herumwanderten, kam es bei den größten Sternen erneut zu einer Veränderung. Nachdem sich fast ihr gesamter Wasserstoff in Helium verwandelt hatte, erzeugten diese Sterne nicht mehr so viel Hitze, um die eigene Schwerkraft zu überwinden, und sie begannen wieder zu schrumpfen. Der Zusammenbruch beschleunigte sich. Und während die Gase nach innen stürzten, wurde die Mitte des Sterns immer dichter, und die Temperaturen stiegen. Am Ende war die Temperatur so hoch, dass die Heliumatome begannen, miteinander zu verschmelzen und Berylliumatome zu bilden. Dann verschmolzen die Berylliumatome zu Bor-, Kohlenstoff- und Sauerstoffatomen. Je länger der Zusammenbruch dauerte, desto heißer wurde es im Inneren der Sterne und desto schwerer wurden die chemischen Elemente, die durch das Verschmelzen der Atome entstanden: Fluor, Neon, Natrium und Magnesium, Aluminium, Silizium, Phosphor, Gallium, Yttrium, Molybdän, Palladium, Cäsium, Barium, Tungsten, Osmium, Iridium und Radium.

All diese komplexen Atome hatte ich als theoretische Möglichkeiten schon vor mir gesehen, aber es war doch eine Freude, sie aufgrund unvermeidlicher Ereignisse im Herzen der Sterne entstehen zu sehen, ohne dass ich auch nur ein Mal selbst eingreifen musste. Ursache und Wirkung, Ursache und Wirkung, Ursache und Wirkung. Weiter und immer weiter stürzten die Atomkerne aufeinander zu, vereinigten sich und bildeten immer größere Atome, die schwerer wurden und immer schwerer.

Die dabei freigesetzte Energie war enorm, und als wir staunend zusahen – Tante Penelope, Onkel Deva und ich –, war uns vollkommen klar, dass keine Agglomeration von Materie solche kolossalen Kräfte absorbieren konnte. Tatsächlich explodierte ein Stern nach dem anderen und schleuderte seine neu geschaffenen Elemente ins Weltall hinaus. Die Detonationen erschütterten die ganze Umgebung, Brocken von schwerer Materie rasten durch die Nebelhülle der Sterne und leuchteten so hell wie ganze Galaxien. Der ganze Kosmos knisterte und krachte, denn es gab Milliarden von Explosionen. Einer nach dem anderen zerstörten die schönen Sterne sich selbst. Die größten und schwersten zuerst. Jeder von ihnen ließ eine Wolke von schwach schimmernden Trümmern und einen schwarzen Kern zurück, der sich rasend drehte.

Seit der Bildung der ersten Atome waren jetzt 2×10^{31} Ticks auf meiner Atomuhr vergangen, und in den Galaxien gab es nicht mehr nur Wasserstoffwolken, sondern auch feste Klumpen von Eisen, Kohlenstoff,

Silizium und anderen chemischen Elementen, die in den Sternen geschmiedet worden waren. Dieses angereicherte Material schwebte aber nicht frei umher, sondern drehte sich in Wirbeln und Strudeln herum, weil es bei den schiefen, ungleichgewichtigen Explosionen der Sterne unweigerlich einen Drall mitbekommen hatte. Außerdem blieben in jeder Galaxie ein paar hell leuchtende Fackeln zurück; das waren die Sterne mit geringerer Masse, die nicht explodiert waren, sondern still zu glimmenden Stümpfen herunterbrannten.

Aber der Kosmos blieb nicht lange still. Unter dem unaufhörlichen Einfluss der Schwerkraft begann sich die Materie wieder zusammenzuziehen. Sie wurde kompakt und brach dann erneut auseinander. Bald hatte das angereicherte Material wieder gasförmige Bälle gebildet, die sich zusammenzogen und dabei heißer und heißer wurden. Nach weiteren 10^{31} Atomticks der Wasserstoffuhr bildeten die gasförmigen Sphären eine zweite Sternengeneration.

Ich muss zugeben, dass ich mich vor der Entstehung der ersten Atome nicht sehr für die Zeit interessiert hatte, jetzt aber war ich besessen davon. Fast wider Willen schaute ich unablässig auf meine Wasserstoffuhren und überlegte, wie viel Zeit wohl zwischen den Ereignissen verging. Wieder 10^{31} Ticks. Und noch einmal.

Diese neuen Sterne waren anders als ihre Vorgänger. Zum einen enthielten sie nicht nur reinen Wasserstoff, sondern eine wilde Mischung chemischer Elemente. Außerdem war jeder dieser Sterne von einem rotierenden Ring von Gas und Trümmern umgeben, in dem hier und da größere Klumpen von fester, komprimierter Materie herumschwammen. Diese Klumpen waren allerdings zu klein, um in ihrem Inneren nukleare Reaktionen auszulösen. Stattdessen zogen sie sich zu trägen, soliden Bällen zusammen, die den Stern in ihrer Mitte umkreisten. Das waren die ersten Planeten.

Planeten. Genau wie bei den Sternen war ich fasziniert davon, mit welcher Selbstverständlichkeit diese genau definierten Objekte im Weltall erschienen. Es gab sie bei der Mehrzahl der Sterne aus der zweiten Generation, und es gab weit mehr Planeten als Sterne. Manche Sonnensysteme besaßen nur einen Planeten, der seinen Stern umkreiste wie im Wasserstoffatom das Elektron sein Proton. Manche Sterne konnten sich rühmen, bis zu hundert Planeten zu haben.

Und was für ein prächtiges Sortiment von Planeten da seine Kreise zog! Manche waren ihrem Zentralgestirn so nahe, dass sie zu Schwefel-, Silizium- und Eisenkugeln schmolzen. Andere waren weit genug weg, um total zu erstarren. Dazwischen gab es mittlere Distanzen, was dazu führte, dass bestimmte Atome und Moleküle flüssige Ozeane auf der Oberfläche bilden konnten, die den gesamten Planeten bedeckten. Diese Ozeane waren kühl genug, um nicht zu verdampfen, und heiß genug, um nicht zu gefrieren. Es gab Planeten mit Oberflächen aus flüssigem Wasser, flüssigem Ammoniak und Methan, flüssigem Brom oder flüssigem Quecksilber. Solche flüssigen Ozeane waren besonders schön. Ihre Oberfläche kräuselte sich im Wind und bildete kleine Wellen. Diese Wellen glitten dahin, die Kämme schimmerten im Sternenlicht und spiegelten die farbigen Atmosphären darüber. Manche der Wellen waren so fragil und schwach, dass sie nach einer kurzen Reise wieder verschwanden und kaum eine Spur hinterließen. Andere waren wild und rau, sie stiegen zu großer Höhe auf und rasten über große Strecken dahin. Ich glaube, die Wellen waren Musik in Form von Materie.

Interessante Erfindung, diese kleinen Bälle, die um deine Lämpchen herumsausen, sagte Tante Penelope. Sehr schön. Wozu sind die gut, mein Junge?

Ich weiß noch nicht, sagte ich. Muss ich immer alles gleich wissen?

Na, schön, sagte meine Tante. Warum hast du sie denn gemacht? Was hast du dir dabei gedacht?

Okay, okay, sagte ich. Sie haben sich selbst gemacht. Die Schwerkraft hat sie gemacht.

Sie sind nicht so hübsch wie die Lämpchen, sagte Tante Penelope. Sie griff an ihren Kopf und schnippte ein Bröckchen Kalium weg, das sich in ihren Haaren verfangen hatte.

Es muss ja nicht alles hübsch sein, sagte Onkel Deva. Ich bin sicher, dass diese Planeten früher oder später sehr nützlich sein werden. Und schau nur, wie nett sie herumschwirren. Jeder mit einer anderen Geschwindigkeit.

Aufgrund der unerbittlichen Gesetze der Schwerkraft vollendeten die Planeten, die den Zentralgestirnen am nächsten waren, ihre Umlaufbahn am schnellsten, während weiter entfernte viel länger brauchten. Bei einigen extremen Sonnensystemen konnte ein innerer Planet Tausende von Umlaufbahnen vollenden, während die weit entfernten Planeten nur eine zurücklegten, sodass ein Jahr bei dem einen so lange dauerte wie zehntausend Jahre bei dem anderen. Es gab auch andere Varianten. Manche Planeten waren so klein und unregelmäßig geformt, dass einzelne Berge beinahe so hoch wie der Radius des Planeten aufragten. Andere waren so groß, dass sie fast in der Lage waren, atomare Feuer in ihrem Inneren zu entzünden und Sterne zu werden. Manche der neuen Planeten hatten Magnetfelder, die in hübschen Dipol-Mustern ins Weltall hinausgriffen und elektrisch geladene Partikel in ihrer Nähe ansaugten und abstießen.

Die Planeten umkreisten aber nicht nur ihr Zentralgestirn, sondern drehten sich fast alle auch um die eigene Achse. Diese Rotation war eine Folge der Drehbewegung der ursprünglichen scheibenförmigen Gas- und Materiewolken, die aus den unregelmäßigen Explosionen der ersten Generation von Sternen hervorgegangen waren. Ursache und Wirkung, Ursache und Wirkung. Sie war beinahe banal, diese starre Verkettung der Ereignisse, aber was an visuellen Effekten dabei herauskam, war alles andere als banal. Sogar Tante Penelope fand es sehr amüsant, wie die Planeten sich drehten. Mal piekste sie die kleinen Bälle in einem Sonnensystem, mal die in einem anderen, genauso wie sie immer an den Falten des Nichts herumzupfte. Am Ende musste Onkel Deva ihr sagen, sie solle aufhören.

Die Eigendrehung der Planeten hatte noch eine charmante Nebenwirkung. An jedem festen Punkt auf der Oberfläche eines Planeten war das Licht der Sonne keine Konstante, sondern veränderte sich ständig im Lauf der Drehung. Wenn man sich dem Zentralgestirn direkt gegenüber befand, war man in volles Licht getaucht, wenn der Planet eine halbe Drehung gemacht hatte, stand man dagegen im Dunkeln. So ergab sich auf jedem Planeten ein *Tag* voller Licht und eine *Nacht* voller Dunkelheit. Tage und Nächte folgten mit der größten Regelmäßigkeit aufeinander. Mit anderen Worten: Die Eigendrehung der Planeten führte dazu, dass Licht und Dunkelheit sich trennten. Die Perioden, innerhalb derer sich Tag und Nacht abwechselten, unterschieden sich freilich von einem Planeten zum anderen. Auf einigen Planeten war ein Tag bloß 10^{19} Ticks lang, auf anderen dagegen 10^{21}. Und weil es Milliarden und Abermilliarden von Planeten gab, die sich alle in verschiedenem Tempo drehten, unterschied sich die Länge der Tage erheblich. Es gab eine Unmenge von unterschiedlichen Tagen und Nächten in Aalam-104729.

Die Abfolge von Tagen und Nächten führte natürlich auch zu erheblichen Temperaturschwankungen auf den Planeten. Die Atmosphäre war unterschiedlich dicht, und das erzeugte Windbewegungen, von einer sachten Abendbrise bis zum Zyklon, Hurrikan oder Taifun. Aber es gab auch noch andere, künstlerische Effekte. Der allmähliche Wandel des Lichts im Lauf des Tages führte dazu, dass sich die Schatten ständig veränderten. Mal wuchsen sie, mal wurden sie kürzer, und dabei erzeugten sie ganz unterschiedliche Silhouetten. Die Gipfel der Berge, die morgens rosa waren, wurden am Abend lila und violett. Zu bestimmten Tageszeiten konnte eine Landschaft hart und zackig erscheinen, zu anderen Zeiten aber so sanft und weich wie die flüchtigen Nebel im Nichts. Diese Phänomene ließen sich nicht quantifizieren, aber sie steigerten die Empfindungen. Sie sickerten einem ins Innere wie Musik und erzeugten ein Gefühl, das vorher nicht da war. Sie weckten die Kräfte der Fantasie. Mit den Veränderungen des Lichts wandelten auch die Formen sich ständig. Die Luft glühte und funkelte oder wurde fast völlig unsichtbar. Auf den Planeten mit volatilen Flüssigkeiten stiegen große Wolken aus Wasserdampf oder Ammoniak in den Himmel auf, und diese brachten völlig neue Lichtphänomene hervor, ja, der Wechsel von Tag und Nacht veränderte sogar die Gerüche, Gefühle und Töne.

Kaum eines dieser Phänomene hatte ich vorhergesehen. Schau mal!, sagte ich zu Tante Penelope, als ob alles genau so wäre, wie ich es beabsichtigt hatte. Siehst du da drüben?

Ich wartete auf ihre Reaktion.

Ja, ja, sagte sie schließlich, was so ziemlich das Äußerste an Zustimmung war, das sie sich erlaubte.

Dann kam der Zeitpunkt, an dem der erste Planet seine erste vollständige Umdrehung und damit den ersten Tag im Universum beendete. Als ich das sah, wusste ich, dass es gut war (oder zumindest befriedigend). Dann beendete ein anderer Planet in einer Galaxie, die

10^{29} Licht-Atomticks entfernt war, seine erste vollständige Umdrehung und wiederum seinen ersten Tag, und das war auch gut. Dann beendete 10^{30} Licht-Atomticks entfernt ein weiterer Planet seine erste komplette Umdrehung, und dann noch einer und noch einer. Zu den verschiedensten Zeiten und an den verschiedensten Stellen im Universum beendeten die verschiedensten Planeten, die sich alle mit verschiedener Geschwindigkeit drehten, ihre ersten Tage. Da und dort, und etwas später noch da und da und da. Es gab Milliarden von ersten Tagen, und alle waren sie gut. Insgesamt war ich sehr zufrieden mit dem, was ich erreicht hatte.

Die Leere im Etwas

Wenn ich durch den Kosmos glitt, fiel mir auf, wie relativ groß doch die Entfernungen zwischen den Dingen jetzt waren. Es gab zwar Materie, aber der weitaus größte Teil des Weltraums war fast vollkommen leer, nicht in der Art des Nichts, aber doch sehr arm an Materie. Die Galaxien mit ihren Sternen und Planeten und sonstigem Material füllten nur ungefähr ein Promille des zur Verfügung stehenden Raums. Die übrigen 99,9 Prozent des Universums waren praktisch ein Vakuum. Selbst innerhalb der Galaxien waren die Sonnensysteme relativ weit voneinander entfernt. Wenn ich in einem Sonnensystem aufbrach, musste ich oft zehntausend Mal so weit reisen, wie das Sonnensystem groß war, ehe ich zum nächsten gelangte. Sollten auf einem Planeten jemals intelligente Wesen entstehen, würden sie von Planeten in anderen Sonnensystemen, auf denen es vielleicht auch Leben gab, so weit entfernt sein, dass sie niemals davon erfuhren. Und weil das Universum sich ausdehnte, würden diese Entfernungen mit der Zeit immer größer werden.

Unzufriedenheit, Meinungsverschiedenheiten und andere Unannehmlichkeiten

Meine Empfindungen waren anders geworden, seit ich beobachtet hatte, wie die Galaxien, Sterne und Planeten entstanden waren. Ich spürte eine Erfüllung, wie ich sie noch nie erlebt hatte. Es war sogar mehr als Erfüllung, es war *Überfülle*, denn ich hatte das Gefühl, als wären die neuen Dinge in MIR selbst erzeugt worden – was insofern merkwürdig war, als ich es ja war, der Aalam-104729 geschaffen hatte. Oder, um genauer zu sein, ich hatte die Gesetze und organisatorischen Prinzipien, die Materie und Energie, geschaffen, aus denen sich alles andere ergab. Man hätte eigentlich annehmen sollen, dass alles Neue in diesem Universum ohnehin schon in MIR enthalten gewesen war. Aber das schien nicht der Fall zu sein. Wie bei der Erfindung der Quanten hatte ich das Gefühl, dass ich selbst verändert worden war. Ich hatte den Eindruck, meine Wahrnehmung hatte sich erweitert und vergrößert. Ich hatte das Gefühl, Dinge zu wissen, die ich zuvor nicht gewusst hatte, und ich fühlte mich größer als früher. Wie war es möglich, dass etwas, das ich aus meinem Sein geschaffen hatte, jetzt größer war als mein Sein? Ist es möglich, dass das Erschaffene seinen eigenen Schöpfer erschaffen kann? Ich war überrascht und erfreut zugleich, obwohl meine Freude bald zu gewissen Unerfreulichkeiten führen sollte.

Nicht nur bei MIR war das so. Wir alle hatten das Gefühl, uns verändert zu haben. Unser Ich-Gefühl war anders geworden. Unsere Wahrnehmungen hatten sich verändert. Das Nichts erschien uns jetzt noch leerer als zuvor. Das Nichts war natürlich immer vollkommen leer gewesen, es war die vollendete Abwesenheit aller Dinge. In Äonen ungemessener Zeit hatten Onkel Deva, Tante Penelope und ICH uns der totalen Leere des Nichts erfreut. Diese Leere, dieses vollständige Nichtvorhandensein von Irgendetwas war eine der ewigen und absoluten Gegebenheiten des Daseins. Das Nichts war der Ausgangspunkt aller Gedanken und Handlungen, genauer gesagt, es war der Hintergrund, der Gedanken und Handlungen definierte, der jedes *Irgendetwas* definierte. Ohne dass wir es ausgesprochen hatten, ahnten wir alle, dass das Nichts womöglich notwendig war für unsere Existenz. Und da die völlige Leere des Nichts ein wesentlicher Teil seines Wesens war, hatten wir uns dieser Leere gefreut.

Jetzt allerdings, nachdem wir einige Ausflüge in das neue Universum gemacht und die materiellen Dinge gesehen hatten, brachte uns die Leere des Nichts nicht mehr dieselbe Freude wie in der Vergangenheit. Wir waren – ICH wage es kaum zu sagen – mit dem Nichts sogar *unzufrieden*. Wenn ich mich jetzt durch das Nichts bewegte, bemerkte ich schmerzlich, was es hier alles nicht gab. Weniger auf irgendeine abstrakte Weise, sondern ganz konkret, denn jetzt konnte ich das Nichts vergleichen mit dem Vorhandensein von Atomen, Elektronen, Spiralnebeln, langen Kometenschweifen von leuchtendem Gas und explodierenden Sternen, die ihre Elemente ins All schleuderten. Ich konnte an der *Inhaltslosigkeit* unseres Lebensraums schlechterdings nicht mehr vorbeisehen und war dementsprechend ein bisschen frustriert.

Auch Tante Penelope hatte nicht mehr so viel Spaß daran, kleine Stücke vom Nichts für den persönlichen Bedarf aufzusammeln. Was ist das da?, jammerte sie kürzlich bei einem gemeinsamen Ausflug, als wir durchs Nichts schlenderten.

Du weißt doch, was das ist, sagte Onkel Deva. Es ist ein Fetzen Nichts, das du mit nach Hause nehmen und für irgendwas Nützliches verwenden wirst.

Aber es ist doch nichts!, rief Tante Penelope.

Ja, sagte Onkel, es ist genau nichts. Es ist ein Stück Nichts. Vielleicht kannst du ein Kleid daraus schneidern.

Nein, sagte meine Tante, das werde ich nicht tun. Es ist wirklich nichts. Es ist einfach nichts. Ich möchte ein Kleid aus Galaxien und Sternen nähen. Ach, was wäre das für ein herrliches Kleid! Es würde glänzen und schimmern, und jeder würde so ein Kleid haben wollen wie ich. Lieber Neffe, sagte meine Tante zu mir, kannst du ein guter Junge sein und mir etwas Stoff aus diesem Universum mitbringen? Ich brauche gar nicht viel.

Mein Onkel sah uns missbilligend und ärgerlich an.

Misch dich bloß nicht ein, Deva!, sagte Tante P. Das geht dich überhaupt nichts an.

Das Material aus dem Universum sollte auch im Universum bleiben, sagte Onkel Deva. Jedes Ding hat seinen eigenen Ort.

Sei nicht so selbstgerecht, sagte Tante P. Wenn ich mich recht entsinne, hast du doch selbst erst vor Kurzem gesagt, dass du bei unseren Spaziergängen im Nichts gelegentlich gern ein paar Berge anschauen würdest. Du brauchst es gar nicht abzustreiten.

Warum übertreibst du immer so?, sagte mein Onkel. Um *einen* kleinen Berg hab ich gebeten. Nicht um Berge im Plural.

Na schön, einen Berg, sagte Tante P. Du gibst es also zu. Und warum kann ich dann keine Galaxien und Sterne haben, wenn du einen Berg kriegst? Was meinst du, mein Junge? Kannst du dir vorstellen, deinem Onkel einen Berg und mir ein paar Galaxien abzutreten?

Ich hatte überhaupt keine Lust, in die Streitereien zwischen meiner Tante und meinem Onkel verwickelt zu werden. Ich werde darüber nachdenken, sagte ich. Ich weiß nicht, ob …

Immer musst du denken, sagte Tante Penelope. Du denkst über dieses nach und dann über jenes, und dann wieder über das erste. Warum *machst* du's nicht einfach? Geh und hol mir ein paar Galaxien. Ich möchte ein Kleid nähen. Ich habe dieses ganze Nichtvorhandensein von irgendwas satt. Man hat ja überhaupt nichts hier. Ich hab es satt. Ich will auch mal was haben.

Du sollst IHN doch nicht immer so rumkommandieren, sagte mein Onkel.

Deva, ich hab es satt, dass du dich dauernd einmischst, sagte Tante P. Du ödest mich genauso an wie das Nichts. Du bist bis oben hin voll mit nichts. Wenn du ein bisschen ehrgeiziger wärst, hättest du ...

Das geht jetzt wirklich zu weit, sagte mein Onkel. Du hast dich mal wieder in Rage geredet.

Nein, hab ich nicht. Ich fange nur an, die Dinge so zu sehen, wie sie sind.

Es gefällt mir nicht, wie du dich gerade benimmst, sagte mein Onkel. Du musst dich beruhigen.

Sag mir nicht, ich müsste mich beruhigen, sagte meine Tante. Das ist herablassend. Diese herablassende Art kann ich nicht leiden. In einem Versuch, meine Tante zu streicheln, streckte mein Onkel die Hand aus. Fass mich nicht an, schrie sie. Und erwarte bloß nicht, dass ich so bald wieder mit dir schlafe. Das kann sehr, sehr lange dauern.

Bild dir bloß nix ein, sagte mein Onkel. Wer will denn schon mit so 'ner Nervensäge schlafen?

Bitte, warf ich dazwischen. Streitet euch doch nicht.

Er hat angefangen, sagte Tante Penelope. Und das genügte, um Tante Penelope und Onkel Deva in verschiedene Richtungen davonmarschieren zu lassen.

Ich folgte ihnen nie, wenn sie sich so aufregten, sondern ließ sie lieber allein herumwandern. Dann beruhigten sie sich meist bald wieder. Ich schaute ihnen hinterher und sah zu, wie sie hinter den Schichten von Nichts immer blasser und blasser wurden. Schließlich waren sie beide verschwunden. Das Nichts beruhigte sich und füllte sich wieder mit leiser Musik.

Aalam-104729 war auf einem sanften Hügel von Nichts liegen geblieben und dehnte sich wie immer fleißig aus. Mein Universum war auf einem guten Weg mit seinen Galaxien, Sternen und Planeten, und ich merkte plötzlich, dass ich darüber nachdachte, was ich sonst noch alles machen könnte. Ich wollte mehr Materie, mehr Energie, mehr von allem. Das Universum war sehr schön, aber als ich es jetzt so ansah, kam es mir ziemlich klein vor. Es flogen zwar noch jede Menge andere vibrierende Universen im Nichts herum, aber die waren leer. Manche von ihnen konnten vielleicht noch viel großartiger werden als Aalam-104729. Mit was für wunderbaren Sachen ich die wohl füllen konnte? Ich brauchte bloß ein paar organisatorische Prinzipien und Parameter festzulegen, und sie würden sich ebenfalls mit Materie zu füllen beginnen. Galaxien wollte ich machen, die hundertmal größer als die in Aalam-104729 waren. Ich wollte Sterne machen, die so groß wie Galaxien waren, Planeten, die so groß wie Sterne waren, und solide Ozeane. Aber vor allem wollte ich mehr.

Zu diesem Zeitpunkt sausten mindestens 10^{189} leere Universen im Nichts herum, die mich mit ihren Möglichkeiten lockten. Genau wie Tante Penelope es mit Aalam-104729 gemacht hatte, griff ich mir eins herunter. Mit dem fange ich an, dachte ich bei mir. Es war ein fetter Sphäroid, nicht so seidig auf der Außenseite wie viele der anderen, sondern rau, gesprenkelt und zäh.

Das ist ein ehrgeiziges Universum, dachte ich. Das stellt eine Herausforderung für mich dar.

Gerade als ich hineingehen wollte, rief mich Tante Penelope von irgendwo. Was machst du da, Neffe?

Ich wollte an einem neuen Universum arbeiten, sagte ich.

Warum denn?, fragte Tante P. Sie erschien in einiger Entfernung und steuerte im scharfen Galopp auf mich zu.

Ich wollte etwas Größeres und Besseres versuchen, erwiderte ich.

Bist du nicht zufrieden mit dem Universum, das du gemacht hast?

Ja, aber …

Du hast es doch noch gar nicht fertig.

Ja, aber …

Lieber Neffe, du bist zu ungeduldig. Haben wir darüber nicht schon öfter geredet? Du hast es immer so eilig. Auf diese Weise kann man nicht gut arbeiten. Und ohne dich kränken zu wollen – aber innerhalb der Familie muss man so was ja sagen dürfen –, finde ich, dass du dich *gierig* verhältst. Einfach gierig, und das steht dir gar nicht gut zu Gesicht.

Das kränkte mich nun doch ziemlich. Ständig hatte meine Tante etwas auszusetzen an dem, was ich tat. Sie zog auf diese unangenehme Weise die Augenbrauen zusammen, oder sie war mit dem falschen Fuß aufgestanden oder sonst irgendetwas. Sie hatte kein Recht, so mit mir zu reden, übrigens auch nicht mit Onkel D. Seit Äonen hatte sie ihn schikaniert und behandelt, als ob er nichts wert wäre. Und er hatte das akzeptiert und sich kaum gewehrt. Irgendwie war es eine Schande für beide. Gierig! Wieso war ich denn gierig? Was schadete es, wenn man noch ein paar mehr Universen mit Dingen füllte? Meiner Ansicht nach lag Tante P. völlig falsch, völlig falsch. Und warum hatte sie so etwas Kränkendes und Gemeines zu mir gesagt? Sie kompensierte etwas, was ihr selbst fehlte. Nun, ihre giftigen Bemerkungen verdienten gar keine Antwort. So weit würde ich mich nicht herablassen. Was bildete sie sich denn ein? Sie wusste wohl nicht, mit wem sie redete.

Ich machte mich zu einem langen Spaziergang im Nichts auf. Zwar wusste ich nicht genau, was ich dachte, aber ich wollte dabei allein sein. Zeit verging. War es überhaupt wichtig, wie viel Zeit es war? Zeit verging. Ich legte große Strecken zurück. Mal ging ich hier entlang und mal dort. Den Hügeln und Tälern des Nichts, den Falten der Leere und dem völligen Vakuum schenkte ich kaum Beachtung. Ich weiß nicht, was ich gedacht habe und wie viel Zeit verging. Es könnten ein paar Äonen gewesen sein. Ich erinnerte mich an frühere Epochen, vor der Erfindung der Zeit, als Tante Penelope, Onkel Deva und ich noch alle gleichzeitig sprachen. Keiner von uns konnte die anderen hören, denn wir redeten durcheinander, aber so hatten wir kommuniziert, und darin lag eine gewisse Vertrautheit und Nettigkeit. Ich erinnerte mich an die potenziellen Gedanken, die ich, lange ehe ich mich entschlossen hatte, etwas zu schaffen, gehabt hatte, als sogar der Gedanke, etwas zu schaffen, nur eine Möglichkeit war. Wie schläfrig wir damals gewesen waren!

Ich überlegte, wie sich Tante P. und Onkel D. in der unendlichen Zeit verändert hatten, seit ich sie kannte, aber besonders dachte ich über die letzte Zeit nach. Auf manche Weise schienen sie enger zusammenzuwachsen, zugleich hielten sie aber auch Abstand. Und über meine eigenen veränderten Wahrnehmungen dachte ich auch nach. Die allgegenwärtige Musik, die das Nichts füllte, war mir erst bewusst geworden, als ich die Zeit geschaffen hatte. Davor erklangen die Töne alle auf einmal, und die Musik erschien bloß wie jeder andere Aspekt des Daseins, so wie das Wesen des Denkens. In relativ kurzer Zeit war so viel passiert, gemessen jedenfalls an der unendlichen Ausdehnung des Daseins zuvor. Ich lief und lief und lief, legte gewaltige Entfernungen im Nichts zurück. Aber gemessen an der Unendlichkeit waren gewaltige Entfernungen im Nichts natürlich nur winzig klein. Äonen vergingen.

Als ich zum Ausgangspunkt meiner Wanderung zurückkehrte, stand Tante Penelope immer noch genau so da wie zuvor, als wäre kein einziger Wasserstoffatom-Tick vergangen. Und mir wurde klar, dass sie recht hatte. Ich war gierig gewesen. In der unendlichen Vergangenheit hatte ich nicht gewusst, dass ich gierig war, aber da hatte es auch nichts gegeben, weswegen ich gierig hätte sein können. Die Materie war ja eine relativ neue Erfindung. Ich war gierig gewesen. Es war mir peinlich. Sofort ließ ich den fetten, leeren Sphäroid mit dem gefleckten Äußeren fallen, und er segelte hastig davon und mischte sich unter die Myriade anderer leerer Universen, die in der Gegend herumsausten. Es tut mir leid, sagte ich zu meiner Tante. Du hast recht. Ich bin gierig gewesen. Man soll immer nur ein Universum gleichzeitig bearbeiten. Wir kümmern uns jetzt erst mal um Aalam-104729.

Vielen Dank, sagte Tante P. Eine deiner bewundernswerten Eigenschaften, mein lieber Neffe, besteht darin, dass du deine Fehler zugibst. Im Gegensatz zu gewissen anderen Leuten, die hier nicht genannt werden sollen.

Der Ursprung des Lebens

Nach dieser demütigenden Unterhaltung mit Tante Penelope wandte ich mich wieder Aalam-104729 zu. Seit meinem letzten Besuch hatte es eine Reihe von faszinierenden Veränderungen gegeben. Aufgrund der Kernreaktionen in der ersten Generation von Sternen waren Wasserstoff, Helium, Sauerstoff und Kohlenstoff die häufigsten Elemente im Universum. Deshalb erwartete ich, dass sich aus diesen Elementen auch die meisten Moleküle gebildet hätten. Damit lag ich richtig. In jedem zwölften Sonnensystem gab es zumindest einen Planeten, auf dem es Wasser gab. Es bestand aus zwei Wasserstoffatomen und einem Sauerstoffatom und bedeckte oft die ganze Oberfläche des Planeten, entweder als großer, flüssiger Ozean oder in Form von gewaltigen Dampfwolken. Ein weiteres häufiges Molekül in der Atmosphäre vieler Planeten war Methan, bei dem sich ein Kohlenstoffatom mit vier Wasserstoffatomen verbunden hatte. Und Kohlendioxyd. Und Ammoniak. Das Sonnenlicht wurde durch diese Gase auf köstliche Weise gebrochen, sodass die Luft auf vielen Planeten blutrot, türkis und gelb leuchtete.

Andere Phänomene hatte ich nicht erwartet. Die Atmosphäre vieler Planeten wurde häufig von heftigen elektrischen Blitzen zerrissen. Diese spektakulären Entladungen führten der ursprünglichen Atmosphäre gewaltige Energiemengen zu, was zur Bildung neuer, komplexerer Moleküle führte: Es entstanden Zucker, Kohlehydrate und Fette, Aminosäuren und Nukleotide.

Der Kohlenstoff war unter allen Atomen das eifrigste, wenn es darum ging, neue Verbindungen einzugehen. Er hatte vier Elektronen, die sich mit anderen paaren konnten, unter den kleinen Atomen war das die Höchstzahl. Dadurch konnten sich Kohlenstoffatome mit Hunderten von Wasserstoff-, Sauerstoff- und anderen Atomen zusammenschließen zu langen, schlenkernden Molekülketten. Andere schlossen sich zu sechseckigen Ringen oder anderen komplizierten Strukturen zusammen. Auch die Stickstoffatome mit ihren drei Elektronen waren sehr paarungsfreudig und brachten interessante Formen hervor.

Bald gab es lineare Ketten, flache Dreiergruppen, Tetraeder, Oktaeder und andere Formen unter den Molekülen, die sich auf wunderbare Weise krümmten und drehten. All das wurde von der jeweiligen Anziehung und Abstoßung zwischen den Atomen bestimmt, die wiederum von den Umlaufbahnen der Elektronen abhingen. Und die Umlaufbahnen unterlagen den strengen Gesetzen der Quantenmechanik.

Genau wie bei den Planeten und Sternen hatte ich mit der Entstehung der Moleküle eigentlich gar nichts mehr zu tun. Sie bildeten sich ganz von selbst, indem sie den wenigen Prinzipien folgten, die ich für die Materie festgelegt hatte. Ursache und Wirkung, Ursache und Wirkung. Ich war nur noch Zuschauer. Aber ich würde über die Ereignisse wachen, so wie es Tante P. verlangt hatte. Wenn etwas schiefging, konnte ich jederzeit eingreifen.

Sobald sich große Moleküle gebildet hatten, sanken sie durch die Atmosphäre herunter, fielen ins Meer – und lösten sich dort wieder auf. Denn so wie der Kohlenstoff am besten geeignet ist, um komplexe Moleküle entstehen zu lassen, so ist Wasser die beste Flüssigkeit, in der man andere Moleküle auflösen kann. Aufgrund der Stellung ihrer Elektronen können Wassermoleküle größere Moleküle sacht auseinanderzupfen und die herumschwimmenden Teile höflich begleiten.

Im Lauf der Zeit wurden die Ozeane einiger Planeten zu einem dicken Brei von Molekülen auf Kohlenstoff- und Stickstoffbasis, Wasser und Bruchstücken anderer Moleküle. Und weil es so viele waren, stießen diese Klümpchen immer häufiger miteinander zusammen, wenn sie in den warmen Ozeanen herumschwappten. Bei jedem Tick der Wasserstoffuhr kam es zu Billionen und Aberbillionen solcher molekularer Zusammenstöße, bei diesen Begegnungen passierten alle möglichen neuen Dinge. Manche Moleküle klebten zusammen und bildeten neue, größere Moleküle. Manche organisierten sich neu oder rissen Teile von anderen ab. Manche stärkten sich, indem sie anderen die Elektronen abpflückten. Es entstanden immer neue molekulare Strukturen: sphärische Hohlräume, feste

Ellipsoide und so weiter. Sie hielten ein paar Augenblicke zusammen und lösten sich dann wieder auf. Versuch und Irrtum, Versuch und Irrtum, Versuch und Irrtum, so sah das aus. Bei jedem Tick der Atomuhr fanden Billionen von wissenschaftlichen Experimenten statt. Ich konnte die Ergebnisse kaum erwarten.

Eins der Moleküle, eine lange Kette von Kohlenstoff-, Wasserstoff-, Sauerstoff-, Phosphor- und Stickstoffatomen hatte die Fähigkeit, sich selbst zu vermehren. Die elektrische Anziehungskraft der Moleküle an jedem Glied der Kette war genau richtig, um aus dem herumschwimmenden Rohmaterial ein anderes passendes Glied festzuhalten und sich so zu verdoppeln. Dieses Molekül konnte sogar noch mehr. Es diente auch als Vermittler, um andere Moleküle zu versammeln. Wenn man ihm zusah, konnte man fast den Eindruck gewinnen, es handelte irgendwie absichtsvoll, aber es war natürlich genauso leblose, dumme Materie wie alles andere.

Dann passierte etwas Merkwürdiges. Durch Zufall geriet eins der Moleküle, die sich selbst vermehren konnten, in eine abgeschlossene Höhle anderer Moleküle. Die Wände dieses Hohlraums waren hauchdünn, nur ein paar Moleküle dick, aber sie umschlossen eine eigene kleine Welt. Sie war billionenmal kleiner als ein Planet, aber diese kleine Zelle besaß eine gewisse Geschlossenheit, sie hatte eine Außen- und eine Innenseite. Draußen war der dicke Ozean voller Zucker, Kohlenhydrate und Aminosäuren, drinnen waren eines der sich selbst vermehrenden Moleküle sowie andere auf

Kohlenstoff und Stickstoff basierende Moleküle, die zufällig mit in den Hohlraum gelangt waren. Die Wand der Zelle erlaubte manchen Molekülen von draußen hereinzukommen, andere wurden zurückgewiesen. Allerdings konnten sich solche Zellen – und es gab inzwischen immer mehr davon – ohne Energiequelle auf die Dauer nicht halten. Die Energie war der kritische Punkt. Im Nichts hatten Onkel Deva, Tante Penelope und ich einen unbegrenzten Vorrat an Energie. Aber hier, innerhalb von Aalam-104729, war Energie ein beschränkt verfügbares Gut. Es gab nur eine bestimmte Menge, und man musste sehen, wo man seine Energie hernahm, wenn man sich erhalten und überleben wollte.

Es dauerte aber gar nicht lange, da hatten einige der Zellen, ganz durch Zufall, sämtliche Fähigkeiten entwickelt, die sie zum Überleben brauchten: Sie waren in der Lage, Energie zu erzeugen, indem sie in ihrem Inneren Zuckermoleküle abbauten, die in der Abstoßungskraft zwischen ihren Elektronen sehr viel Energie beherbergten; sie waren in der Lage, sich durch ihre selektiv arbeitende Zellwand mit Nahrung zu versorgen; und sie waren dank des reproduktionsfähigen Moleküls in der Lage, sich selbst zu vermehren.

Solche Zellen bildeten sich in den Ozeanen vieler Planeten. Dank des vielen Zuckers und der anderen Moleküle, die in den warmen Meeren herumschwammen, gediehen sie prächtig. Sie tauschten Materie mit ihrer Umgebung aus. Sie wuchsen. Dann vermehrten sich die Moleküle in ihrem Inneren, sie teilten sich und verdoppelten so ihre Anzahl.

Waren diese Dinge lebendig? Das hängt davon ab, was man unter Leben versteht. Sie waren organisiert. Sie reagierten auf ihre Umwelt. Im Gegensatz zu Bergen und Meeren konnten sie wachsen und sich vermehren. Aber in anderer Hinsicht waren sie bloß dumme Materie. Alle ihre wunderbaren Mechanismen funktionierten ohne jeden Gedanken. Im kargen und begrenzten Protoplasma ihrer Körper gab es nichts, was einem Gedanken auch nur im Entferntesten ähnelte. Sie konnten nicht kommunizieren. Sie konnten keine Ideen entwickeln. Sie konnten keine Entscheidungen treffen. Ihrer selbst waren sie sich nicht bewusst. Was immer es an elektrischen Impulsen in ihrem Inneren gab, diente lediglich dazu, sie selbst zu erhalten. Und auch diese Impulse erfolgten ganz automatisch. Sie waren wie Dominosteine, die sich gegenseitig umreißen, wenn einer von ihnen umfällt. Aber egal wie viele Steine bei so etwas umfallen, würde man doch nie sagen, dass auch nur einer davon die Fähigkeit zum Denken besitzt. Die Steine gehorchen einfach den Regeln der Schwerkraft.

Die Zellen, die sich selbst reproduzieren konnten, fand ich zwar amüsant, aber ich war nicht der Ansicht, dass sie im eigentlichen Sinne des Wortes lebendig waren. Ich hätte sie höchstens als hochgezüchtete unbelebte Materie bezeichnet. Und ich hatte es keineswegs eilig, belebte Materie zu schaffen.

Ich ging ins Nichts zurück und erstattete meiner Tante Bericht. Inzwischen hatte sie sich mit Onkel Deva wieder versöhnt und erlaubte ihm sogar, ihr die Haare zu bürsten. In trauter Gemeinschaft fand ich sie: Sie saß friedlich auf ihrem Stuhl, und er stand hinter ihr. So ist's richtig, sagte sie. Ja, genau da. Jetzt machst du es richtig. Ja, genau da. So ist es richtig.

Ich habe mich schon gefragt, wann du wohl zurückkommst, sagte meine Tante, als sie den Kopf hob und mich erblickte. Ich würde ab und zu nachsehen, was mit dem Universum passiert, wenn ich du wäre.

Es läuft alles gut, sagte ich.

Werd bloß nicht selbstgefällig, mein Junge, sagte sie und warf Onkel Deva einen Blick zu, als wollte sie ihn dazu herausfordern, sich über ihre scharfe Bemerkung zu ärgern. Aber er sagte nichts, sondern bürstete nur weiter ihr Haar mit langen, rhythmischen Streichen.

Es dauerte eine Weile, ehe ich Aalam-104729 wieder besuchte. Um genau zu sein, waren es $2{,}5 \times 10^{32}$ Ticks der Atomuhr, aber ich achtete gar nicht auf die Zeit. Ich hatte die Ereignisse in meinem Universum zwar verfolgt, aber nicht allzu genau. Jetzt war ich überrascht, was ich vorfand. Die hochgezüchteten unbelebten Zellen hatten sich unter dem Einfluss der Moleküle, die um sie herumschwammen, weiterentwickelt. Offenbar war dabei eine große Zahl von zusätzlichen molekularen Möglichkeiten ausprobiert worden – alle vom gänzlich bewusstlosen Zufall. Einige der Zellen hatten Moleküle entwickelt, die das Licht zur Energiegewinnung nutzen und Wasser und Kohlendioxyd in Zucker umwandeln konnten. Ein Nebenprodukt dieser neuen chemischen Reaktionen war Sauerstoff, der in großen Blasen aus dem Wasser quoll und in die Atmosphäre aufstieg.

Sauerstoff ist ätzend. Er brennt. Er zerfrisst andere Stoffe. Er greift sich Elektronen von anderen Atomen und zerstört sie auf diese Weise. Viele von den Licht verarbeitenden Zellen wurden deshalb von ihren eigenen Produkten vernichtet. Aber manche hatten nicht nur eine sauerstoffresistente Haut, sondern benutzten den Sauerstoff sogar, um aus Zucker und Fetten Energie zu gewinnen.

Auf einigen Planeten hatten sich die neuen Sauerstoff nutzenden Zellen zusammengerottet, um größere und komplexere Organismen zu bilden. Auch diese größeren Gebilde, die aus Millionen Zellen bestanden, veränderten sich ständig. Aber die Zellen in diesen zusammengesetzten Organismen entwickelten sich nicht alle auf die gleiche Weise. Im selben Maße, wie sich durch Versuch und Irrtum neue molekulare Möglichkeiten ergaben, begannen sich die Zellen zu spezialisieren. Es entstand eine Art Arbeitsteilung: Manche Zellen verarbeiteten die Abfallprodukte, andere dienten dem Sauerstofftransport und wieder andere halfen dem Organismus, sich mit mechanischen Mitteln fortzubewegen. Manche Zellen spezialisierten sich sogar darauf, die Aktivitäten der anderen Zellen zu kontrollieren und zu koordinieren.

Und all das war in meiner Abwesenheit geschehen! Nur den Regeln von Zufall und Notwendigkeit folgend, ohne jeden schöpferischen Gedanken, hatten die warmen Meere auf den Planeten massenhaft hoch organisierte und effiziente vielzellige Organismen erzeugt. Es war mir ziemlich peinlich, dass ohne jede Anweisung von mir so viel vorangehen konnte.

Zu diesem Zeitpunkt war ich mir schon nicht mehr sicher, ob ich diese Organismen gänzlich unbelebt nennen konnte. Schließlich waren ja sogar schon Vorstufen von Gehirnen bei ihnen zu sehen. Keine Gehirne mit Ideen, aber Konglomerate von Zellen, die eindeutig andere Zellen koordinierten. Und diese Konglomerate würden ohne Zweifel immer komplexer werden, je komplexer die Organismen wurden. Sie würden sich gegenseitig mehr elektrische Impulse schicken als die anderen Zellen. Sie würden Rückkoppelungsschleifen entwickeln. Sie würden auf Reize reagieren und sich verändern. Gelegentlich würden sie untereinander Zeichen austauschen, die nicht unmittelbar auf das Überleben bezogen waren, sondern Bestätigungen ihrer gemeinsamen Existenz. Ich konnte den Trend erkennen. Im Lauf der Zeit würden diese Organismen auf diese oder jene Weise erkennen, dass sie unabhängige, von der Außenwelt abgetrennte Einheiten waren. Sie würden sich von außen wahrnehmen. Mit einem Wort, sie würden sich ihrer *bewusst werden*. Und dann würden sie *denken*. Es war nur eine Frage der Zeit.

Wie sehr hatte ich mich doch getäuscht! Dass ich mir tatsächlich eingebildet hatte, ich könnte planmäßig entscheiden, ob ich belebte Materie schaffen wollte oder nicht. Wie ich jetzt feststellen musste, war belebte Materie das unvermeidliche Ergebnis eines Universums voller Materie und Energie und einiger geeigneter Regeln und Parameter für den Anfang. Wenn ich wollte, konnte ich das Leben zerstören, aber bei seiner Entstehung war ich nur Zuschauer.

Ich war überrascht. Ich war gerührt. Ich war besorgt. Was war das für ein Ding, das da in Gang gesetzt worden war? Zuerst war die Zeit. Dann der Raum und die Energie. Dann die Materie. Und jetzt die Möglichkeit von denkenden Lebewesen. Was würden die neuen Gehirne denken? Was begreifen? Hatte ich das nicht gewollt?

Ja, ich hatte es gewollt. Aber auch wieder nicht. Mit Sicherheit war ich nicht vorbereitet. Ich spürte das Gewicht der Zukunft, sie war schwer und quoll über vor Möglichkeiten. Doch vermochte ich sie nicht zu sehen. Sie war ein dunkles, pulsierendes Ding, eine unsichtbare Galaxie. War sie außer Kontrolle? *Meiner* Kontrolle?

Freier Wille?

Gelegentlich versinke ich in meditative Zustände, die unbestimmte Zeit dauern können. Vor den Atomuhren war ihre Dauer tatsächlich nicht zu bestimmen. Wenn ich aus diesen Zuständen auftauchte, sagte meine Tante mir vielleicht, dass ich sehr lange weg gewesen sei, dass sie und mein Onkel mehrfach geschlafen hätten und wieder aufgewacht wären, während ich weg war, dass die Musik im Nichts praktisch aufgehört hätte und so weiter. Aber für mich war keine Zeit vergangen. Oder genauer gesagt, es hatte keine Ereignisse gegeben, die meiner Aufmerksamkeit wert waren. Auch nach der Erfindung der Instrumente zur Zeitmessung war ich noch immer der Ansicht, dass Zeit nur in ihrem Verhältnis zu Ereignissen eine Bedeutung hatte. Wenn es keine Ereignisse gab oder jedenfalls keine Ereignisse von Bedeutung, dann konnte man mit einem gewissen Recht sagen, dass keine Zeit vergangen war. Das dachte ich jedenfalls in vergangenen Äonen nach meinen Meditationen. Eigentlich war das sogar der Zweck meiner Meditationen: Ich wollte mich befreien von den Ereignissen, wieder zu mir selbst finden, mich selbst und meine Gedanken in einen Zustand reinen, unmittelbaren Seins versetzen. Im Nichts war das leicht zu erreichen. Im Nichts gab es keine Ereignisse, wenn man von den kleinen Ausflügen absah, die Onkel Deva oder Tante Penelope unternahmen – und die konnte man bei allem schuldigen Respekt vor meinem Onkel und meiner Tante nicht als bedeutsame Ereignisse werten.

Jetzt allerdings hatten sich die Dinge geändert. Bei all den Veränderungen in meinem Universum, wo sich die Dinge nur so überstürzten, gab es keinen Augenblick mehr, in dem keine bedeutsamen Ereignisse stattfanden. Selbst im Nichts, diesem erhabenen Schauplatz der Ruhe und Untätigkeit, spürte man dauernd, dass sich die Ereignisse in dieser kleinen, aber ständig größer werdenden Kugel wie rasend entwickelten. Egal wo man sich im Nichts aufhielt und was man gerade tat – Aalam-104729 war ein ständiger Unruheherd, dessen Nähe einem nur allzu bewusst war. Man spürte, wie die Gegenwart Hals über Kopf der Zukunft entgegenstürzte und dass diese Zukunft höchst vage und unsicher war. Die Billionen anderer Universen, die in der Gegend herumsausten, schienen angesichts der explosionsartigen Entwicklungen in Aalam-104729 ganz unbedeutend. In völliger Ruhe zu meditieren war unmöglich geworden, und ich war mir des Tobens in meinem Universum ständig bewusst, auch wenn ich mich im Zustand meditativer Entrückung befand.

Obendrein tauchten jetzt auch noch Belhor und Baphomet wieder auf. Belhor sah immer noch so aus wie bei seinem letzten Besuch, ein hochgewachsener, dunkler Fremder voller Würde. Baphomet war nach wie vor breit und hässlich und grinste ununterbrochen, schien jetzt aber noch eine fatale Großspurigkeit angenommen zu haben. Außerdem gab es jetzt zwei Baphomets. Hinter dem ersten stand nun ein zweiter, kleinerer Baphomet, der sich aufs Erbärmlichste duckte und ständig vor allem und jedem verbeugte.

»Ich hoffe, ich störe Sie nicht«, sagte Belhor zu mir.

»Wir hoffen, dass wir Sie nicht stören«, sagte der Größere Baphomet. »Eine Erhabenheit wie Sie würden wir niemals stören wollen. Niemals.«

»Nein, auf keinen Fall«, sagte der Kleinere Baphomet, woraufhin der Größere Baphomet sich umdrehte und dem Kleineren einen heftigen Tritt versetzte, was diesen wiederum veranlasste, jämmerlich aufzuheulen. »Ruhe«, sagte der Größere Baphomet. »Ich sag dir schon, wenn du reden sollst.«

»Ja, Herr«, sagte der Kleinere Baphomet. Der Größere machte einen Überschlag rückwärts und grinste.

Natürlich störten sie mich. Ich war gleich dreifach gestört. Aber ich bin nun einmal rücksichtsvoll gegenüber anderen, und deshalb sagte ich bloß: »Was wollt ihr?«

»Wir müssen eine Menge besprechen«, sagte Belhor. »Viele Dinge sind geschehen, seit wir zuletzt zusammengetroffen sind. Interessante Dinge, würde ich sagen. Wie es scheint, sind ein paar primitive Lebensformen eingetroffen in unserem kleinen Universum. Dieses primitive Leben wird sich unweigerlich entwickeln und … sagen wir – komplizierter werden. Als

Nächstes kommt die Selbstwahrnehmung. Und Intelligenz. Es ist nur eine Frage der Zeit. Sind Sie nicht auch dieser Meinung?«

»Ja«, sagte ich. »Wenn ich nicht eingreife. Sie sind gut informiert.«

»Informiert zu sein ist mein Geschäft«, sagte Belhor.

»Informiert zu sein macht mein Herr sich zur Aufgabe«, sagte der Größere Baphomet. »Mein Herr weiß alles über jeden Gegenstand. Ist das nicht großartig?« Belhor warf dem Größeren Baphomet einen bösen Blick zu, woraufhin dieser sich umdrehte und dem Kleineren Baphomet einen Tritt gab.

»Meine Bitte«, sagte Belhor zu mir, »ist einfach, dass Sie *nicht* eingreifen. Erlauben Sie diesen primitiven Kreaturen, sich zu entfalten und Selbstwahrnehmung und Intelligenz zu entwickeln.«

»Ich werde über Ihre Bitte nachdenken«, sagte ich.

»Wenn sie im Besitz von Intelligenz sind«, sagte Belhor, »werden die neuen Wesen wenigstens den *Eindruck* haben, sie könnten eigene Entscheidungen treffen. Aber ganz egal, was diese Geschöpfe denken: *Wir* wissen natürlich, dass sie nach wie vor denselben Gesetzen und Regeln folgen werden wie die unbelebte Materie, denselben Gesetzen und Regeln, die Sie ursprünglich festgelegt haben. Ihr Verhalten und ihre Handlungen werden – wenn man von den kleinen Modifikationen mal absieht, die sich aus Ihrem Quanten-Cocktail ergeben – nach wie vor alle im Voraus festgelegt sein. Aber Ihre Geschöpfe werden den Eindruck haben, sie könnten frei wählen. Diesen Eindruck können wir ihnen doch lassen, nicht wahr? Was kann das schon schaden?«

»Hören Sie auf, Ihr Spiel mit mir zu treiben«, sagte ich.

»Niemals würde ich irgendwelche Spiele mit Ihnen treiben«, sagte Belhor. »Ich treibe mit niemandem mein Spiel, und schon gar nicht mit Ihnen. Ich verlange ja nicht, dass Sie irgendwas tun. Worum ich Sie bitte, ist ja nur, dass Sie etwas *nicht* tun, dass Sie *nicht* eingreifen, sondern den Dingen ihren von Ihnen bestimmten Lauf lassen.«

»Ja«, sagte ich. »Ich verstehe, was Sie verlangen. Ich werde darüber nachdenken. Es gibt Vor- und Nachteile bei der Entwicklung von intelligentem Leben im Universum, und die muss man sorgfältig gegeneinander abwägen. Im Moment sehe ich allerdings auch nicht, dass es Schaden anrichten würde, wenn man erlaubt, dass die neuen Lebensformen glauben, eigenständige Entscheidungen zu treffen.«

»Gut«, sagte Belhor. Langsam bewegte er sich zu der Stelle, wo Aalam-104729 auf der Seite lag, und hob es auf. Das Universum gab einen leisen Klagelaut von sich. »Es ist so kostbar«, sagte Belhor. »Es enthält so viele Möglichkeiten. Eine unendliche Anzahl von Möglichkeiten. Erlauben Sie mir eine Frage: Erinnern Sie sich noch an unser früheres Gespräch, in dem wir uns darüber einig waren, dass es unmöglich wäre, sich alles vorzustellen, was in der Zukunft geschieht, wenn die Zahl der Möglichkeiten nur groß genug ist? Erinnern Sie sich noch an dieses Gespräch?«

»Ja, ich erinnere mich. Ich vergesse grundsätzlich nichts.«

»Nein, äh, natürlich nicht«, sagte Belhor. »Ich wollte nur Bezug nehmen auf dieses Gespräch. Darf ich fortfahren? Ich möchte eine Prinzipienfrage mit Ihnen besprechen. Wir haben festgestellt, dass unsere intelligenten Geschöpfe den Eindruck haben werden, sie könnten eigenständige Entscheidungen treffen, obwohl sie gänzlich Ihren Regeln und Gesetzen unterworfen sind. Jetzt allerdings stellt sich die Frage: Werden Sie *im Voraus wissen*, wie die Entscheidungen und Handlungen aussehen, wenn die Atome und Moleküle der Lebewesen genau den Regeln folgen, die Sie festgelegt haben? Und wenn Sie diese vorherige Kenntnis hätten, wären Sie dann bereit, in einigen Fällen darauf zu verzichten? Lassen Sie mich bitte ausreden! Viele von diesen Geschöpfen werden Gehirne haben. Es gibt eine extrem große Anzahl von Möglichkeiten, auch für ein kleines Gehirn. Nehmen wir mal ein typisches Atom, Kohlenstoff etwa. Sagen wir zum Beispiel, dass es 20 mögliche Konfigurationen hat. In einer einzigen Ihrer neuen Zellen können sich 10^{14} Atome befinden, was bedeutet, es gibt $20^{10^{14}}$ mögliche Konfigurationen für eine einzige Zelle. In einem ganz bescheidenen Gehirn mit 10^{12} Zellen gäbe es dementsprechend $20^{10^{26}}$ mögliche Konfigurationen. Diese Zahl ist weitaus größer als die Gesamtzahl aller Atome in einer Galaxie. Wie Sie sehen, gibt es also schon in einem kleinen Gehirn eine fantastische Zahl von möglichen Konfigurationen, von denen jede einen Einfluss auf die Entscheidung haben könnte, die das Gehirn schließlich trifft.«

»Na und?«, sagte ich. »Ich kann das berechnen.« Je besser ich Belhor kennenlernte, desto beeindruckter war ich von ihm. Aber auch ziemlich besorgt.

»Natürlich können Sie das berechnen«, sagte Belhor. »Um ehrlich zu sein, ist es mir ein Vergnügen, mit jemandem von Ihrer Intelligenz plaudern zu dürfen. Ich hoffe, dasselbe gilt auch umgekehrt. Natürlich können Sie die nötigen Berechnungen anstellen. Aber warum sollten Sie das wollen? In jedem gegebenen Augenblick gibt es so schrecklich viele mögliche Konfigurationen in einem kleinen Gehirn. Und jetzt denken Sie mal daran, dass es auf jedem Planeten Milliarden Gehirne geben wird und Milliarden und Abermilliarden von Planeten. Warum sollten Sie alle diese Gehirne unter Kontrolle behalten wollen? Warum sollten Sie all diese lästigen Berechnungen über all diese Möglichkeiten anstellen wollen? Vergessen Sie nicht, dass die Verlagerung eines einzigen Atoms in einem dieser Gehirne eine ganze Folge von Weichenstellungen ändern kann, sodass am Ende eine ganz andere Entscheidung und Handlung herauskommt.«

»Sie sind schlau«, sagte ich. »Aber ich verstehe nicht, worauf Sie hinauswollen.«

»Ich glaube doch«, sagte Belhor. Er sah mich sehr aufmerksam an. Selbst von vorn war er dünn, wahnsinnig dünn, wie die scharfe Schneide von irgendetwas. »Ich bitte darum, dass Sie die Entwicklung intelligenter Gehirne in unserem neuen Universum nicht verhindern und auch nicht versuchen, das Verhalten dieser Gehirne vorherzusagen. Lassen Sie zu, dass sie ihre Entscheidungen treffen und ihre Handlungen planen, ohne dass Sie zuvor davon wissen. Diese Geschöpfe sind es kaum wert, dass Sie sich um sie bemühen. Sie werden ja in jedem Fall nach Ihren Regeln und Gesetzen handeln. Aber es gibt sehr viele Möglichkeiten. Lassen Sie die Geschöpfe ohne Ihr Vorauswissen handeln. Dann haben sie das Gefühl, ihre eigenen Entscheidungen zu treffen ... das heißt, eigentlich ist es sogar mehr als nur ein Gefühl. Aber sie befolgen immer noch Ihre Regeln. Auch in diesem Fall bitte ich Sie nicht, etwas zu tun. Ich bitte Sie darum, etwas zu unterlassen.«

»Wenn diese hypothetischen Geschöpfe – und ich habe nach wie vor keine Entscheidung darüber getroffen, ob ich ihre Existenz zulassen werde –, wenn diese hypothetischen Geschöpfe Entscheidungen ohne mein Vorauswissen treffen könnten, dann unterlägen sie nicht meiner Kontrolle.«

Belhor sagte nichts. Er sah mich einfach nur an.

»Och«, sagte der Größere Baphomet, »ich glaube, jetzt macht der Große Junge sich Sorgen. Ich hätte nie gedacht, dass er sich jemals über irgendwas Sorgen macht. Mein Herr hat IHM Angst eingejagt.«

»Ihre Atome und Moleküle würden aber immer noch Ihren Regeln gehorchen«, sagte Belhor zu mir.

»Ja«, sagte ich, »aber mit der großen Zahl von möglichen Konfigurationen können schon kleine Verschiebungen das Ergebnis völlig verändern, wie Sie ganz richtig dargelegt haben. Es wäre ziemlich anstrengend, alle Ergebnisse im Voraus zu berechnen.«

»Genau«, sagte Belhor. »Bestehen Sie denn darauf, alles unter Kontrolle zu behalten, was Sie geschaffen haben? Wir haben über dieses Thema schon früher gesprochen.«

»Darüber muss ich nachdenken«, sagte ich. Ich war innerlich schon zu dem Ergebnis gekommen, dass er recht hatte. Aber die Befriedigung, seinen Forderungen gleich an Ort und Stelle nachzugeben, wollte ich Belhor auch nicht geben. Ich hatte überhaupt keine Lust, die Zillionen von möglichen Konfigurationen zu berechnen, die bei jeder Entscheidung eines intelligenten Wesens auf irgendeinem Planeten anfallen konnten.

»Aber Sie werden darüber nachdenken?«, fragte Belhor.

»Ja, ich werde darüber nachdenken.«

»Gut«, sagte Belhor und lächelte auf diese eigenartige Weise, die mich schon zuvor so genervt hatte. »Jetzt interessiert mich die Sache wieder.«

»Wir sind alle sehr interessiert«, sagte der Größere Baphomet. »Sehr interessiert.«

Belhor verbeugte sich. »Ich habe unsere Unterhaltung sehr genossen. Alle hier aus der Gegend haben eine Verantwortung gegenüber den neuen Dingen, die Sie gemacht haben. Auf das Leben! Auf das Leben!«

Güte in jedem Atom

Meiner Tante und meinem Onkel erzählte ich nichts vom Besuch Belhors und seiner Begleitung, denn ich kannte ja ihre Feindseligkeit ihm gegenüber. Dennoch schien Onkel Deva verblüffend gut über das Gespräch informiert zu sein. Oder zumindest waren ihm die Probleme äußerst bewusst, die mit dem Leben in meinem Universum zu tun hatten. Während ich einen meiner erholsamen Spaziergänge im Nichts machte, gesellte er sich plötzlich zu mir. Tante Penelope hielte gerade ein Nickerchen, sagte er, und das würde uns die Möglichkeit geben, »ohne Hindernisse« zu plaudern.

Na, sagte er gut gelaunt, wie ich höre, werden bald lebende Geschöpfe in unserem Universum herumhüpfen. Eine sehr schöne Entwicklung, wenn ich das sagen darf. Ich hoffe, dass du dich darüber auch freust. Diese letzte Bemerkung machte er auffallend beiläufig, aber ich wusste, insgeheim stellte er mich auf die Probe.

Das Einfachste wäre wohl, es einfach geschehen zu lassen, sagte ich. Aber das habe ich noch nicht endgültig entschieden.

Ach, du meine Güte, sagte mein Onkel. Er kritisierte

mich nie so wie Tante Penelope, aber nach Äonen des Zusammenlebens mit ihm wusste ich, was »Ach, du meine Güte« bedeutete. Er war wütend auf mich. Du hast so meisterhafte Arbeit geleistet, sagte mein Onkel. Die Galaxien. Die Sterne. Die Na-wie-heißen-sie-gleich. Sogar die herumschwirrenden einsamen, kleinen Wasserstoffatome im Weltall. Aber die größte Leistung wäre es doch bestimmt, intelligentes Leben zu schaffen, nicht wahr?

Es gibt Probleme, sagte ich.

Natürlich wird es ein paar Probleme geben, sagte mein Onkel. Aber hat nicht alles seine Probleme? Lieber Neffe, was hat ein Universum für eine Bedeutung, in dem es keinen anderen Geist und Verstand gibt?

Es ist schön, sagte ich.

Ja, schön ist es, sagte mein Onkel. Aber wen gibt es, der diese Schönheit zu schätzen weiß, außer dir und mir und deiner Tante? Hätte die Schönheit nicht größere Bedeutung, wenn es mehr Seelen gäbe, die sie bewundern können? Würde sie nicht *verwandelt* werden durch diese Seelen? Ich rede nicht von einer passiven Bewunderung der Schönheit, sondern von aktiver Teilhabe, bei der alle erhöht werden. Wir drei sind von anderer Art als das Universum. Aber Lebewesen, die in dieses Universum hineingeboren werden, die aus demselben Stoff bestehen, sind von derselben Art. Du hast mir selbst erzählt, dass die Organismen alle aus denselben Atomen bestehen wie alles andere im Universum. Die Schönheit, von der du sprichst – die Sterne, die Ozeane und all das –, ist Teil *ihrer* Schönheit, sie gehört diesen Lebewesen. Sie wird durch ihre Anteilnahme gesteigert. Sie nehmen diese Schönheit in sich auf, sie reagieren darauf, und das steigert ihre eigene Schönheit. Es ist etwas Spirituelles, weißt du?

Ich liebte meinen Onkel Deva sehr. Er war so ernsthaft in seinen Überzeugungen, so gut.

Willst du nicht, dass dein Universum sich selbst erkennen kann? Also, ich meine die Lebewesen darin. So schön, wie sie sind: Die Berge können sich selbst nicht erkennen. Willst du nicht, dass Teile deines Universums erkennen, dass sie Teil eines Ganzen sind, eines Musters? Dass ein großartiger Schöpfungsakt die Zeit, den Raum und die Materie geschaffen und damit das Ganze in Gang gesetzt hat?

So großartig war es nun auch wieder nicht, sagte ich. Wenn du dich erinnerst, war es bloß der Umstand, dass ich das ewige Nichts und wieder Nichts etwas satthatte. Ich wollte eine Veränderung. Ich wollte bloß, dass es irgendwas gab. Das war alles.

Du kannst sagen, was du willst, sagte mein Onkel. Selbst wenn du keinen großen Plan verfolgt hast – die Erschaffung dieses Universums war großartig. Eine Tat kann großartig sein, auch wenn der Zweck und die Absicht dahinter es nicht sind. Intelligenz, Bewusstsein und Aufmerksamkeit werden die einzelnen Teile unseres Universums auf eine Art und Weise verbinden, wie die unbeseelte Materie es niemals könnte.

Mein Onkel sah mich liebevoll an und seufzte. Ich sehe, dass du beunruhigt bist. Worüber machst du dir Sorgen?

Ich mache mir Sorgen, dass etwas Unangenehmes passiert, sagte ich, etwas Schreckliches. Vielleicht sogar viele schreckliche Dinge. Wenn eine Handlung unabhängig von der dahinterstehenden Absicht großartig sein kann, dann kann sie unabhängig von dieser Absicht auch katastrophal sein. Ich mache mir Sorgen, dass die intelligenten Wesen in meinem Universum womöglich Schaden erleiden, dass sie leiden müssen.

Denkst du immer noch an Monsieur Belhor?, fragte mein Onkel. Was weiß der schon? Deine *Güte* wird das Leiden verhindern. Du musst daran glauben. Wenn das beseelte Leben erst einmal Intelligenz entwickelt hat, wird es deine Güte spüren. Daraus kann kein Leid kommen.

Da bin ich mir nicht so sicher, sagte ich.

Sei nur zuversichtlich, sagte mein Onkel. Deine Güte erfüllt jedes Atom des Universums. Sie wird auch in jedes Geschöpf, das du geschaffen hast, fließen. In so einem Kosmos kann es kein Leid geben.

Ich wünschte, ich wäre mir da so sicher wie du, sagte ich. Ich spüre dieses Rauschen, diese Vibration durch mich hindurchgehen, ich spüre die Zukunft. Die Zukunft geschieht.

Dann wäre das also entschieden, sagte Onkel Deva. Ich habe seit Ewigkeiten immer wieder auf diesen Moment gewartet. Ja, die Zukunft geschieht. Deine Tante und ich haben diese Möglichkeit schon seit einiger Zeit in Betracht gezogen und hätten ein paar Vorschläge, nur ein paar Hinweise, wie wir uns das Aussehen unserer Geschöpfe vorstellen.

Körper und Seelen

Aber es war ganz egal, was Tante Penelope und Onkel Deva sich vorstellten. Denn wie fast alles in meinem Universum entwickelte sich das Aussehen der neuen Geschöpfe ganz von allein, durch Versuch und Irrtum, ohne dass sich von außen irgendwer einmischen musste.

In den Billionen und Aberbillionen von Galaxien und auf den Milliarden von Planeten in jeder Galaxie entstand Leben in jeder denkbaren Form. Die Licht nutzenden Geschöpfe entwickelten sich zu herrlichen Pflanzenwelten. Einige der Pflanzen waren dünn und hochgewachsen und wurzelten tief im Boden ihrer Planeten, andere waren klein, zerbrechlich und hatten herrliche Farben. Sie hatten raue Rinden, waren weich und seidig, klebrig, feucht, trocken, gallertartig, spitz, scharf und rund, großzügig und offen oder eng und geschlossen, als müssten sie ein Geheimnis behüten. Manche lebten an Land, andere im Meer. Manche segelten durch die Luft und ließen sich vom Wind umherblasen. Manche verließen ihre Heimatplaneten sogar und flogen durchs Weltall, wo sie ihre Rohstoffe in den großen Fetzen interstellarer Gasschleier fanden. Manche waren wegen ihrer äußeren Schuppen und Rinden schwer, andere so leicht, dass sie beinahe unsichtbar waren, kaum ein paar Moleküle dick. Und dann erst die vielen Formen: Kreise und Scheiben, Spiralen, Fächer, Schwämme und flache Blätter, biegsame Folien, filigrane Maschen, dicke Klumpen und gedrehte Zweige. Im Allgemeinen konnte dieser Pflanzenwuchs sich nicht selbst bewegen. Aber da sie vom Sonnenlicht lebten, fanden sie stets Standorte und Haltungen, die es ihnen ermöglichten, sich an ihrem Zentralgestirn auszurichten. Ihre molekulare Maschinerie verwandelte Sonnenlicht, Wasser und Kohlendioxyd in Zucker, und von diesen Zuckern lebten sie.

Die Sauerstoff nutzenden Geschöpfe waren komplexer. Sie besaßen einen höheren Stoffwechsel, kompliziertere Organe und waren zu anderen Leistungen fähig. Sie konnten sich von einem Platz zum anderen bewegen. Sie zappelten und grabschten. Sie fraßen. Sie veränderten ihre Umgebung. Viele von diesen Tieren blieben in den flüssigen Ozeanen, wo sie entstanden waren, und entwickelten stromlinienförmige Körper, damit sie mit minimaler Reibung durchs Wasser gleiten konnten, wenn sie ihre glatten Körper bewegten. Anderen wuchsen Federn und Flügel, mit denen sie die Luft schlugen und genügend Auftriebskraft erzeugten, um die Schwerkraft zu überwinden. Diese gefiederten Tiere glitten mit anmutigen Schwüngen und Sturzflügen durch die Atmosphäre. Manche der Sauerstoffnutzer entwickelten große Säcke mit leichten Gasen, sodass sie damit in der Luft schweben konnten. Um steuern zu können, stießen sie kleine Gas- und Flüssigkeitsstrahlen aus. Geschöpfe, die auf dem festen Land lebten, bewegten sich auf zwei oder mehr Extremitäten fort, die sie mit heftigen Bewegungen ruckartig vor und zurück warfen. Manche hatten mehr als hundert davon.

Um auf äußerliche Reize reagieren zu können, wurden verschiedene Sinnesorgane entwickelt: elektromagnetische Fühler, akustische Fühler, Vibrationsfühler, Wärmefühler, molekulare Fühler. Dazu wurden in eigenartig geformten Auswüchsen, Fleischwülsten, Schlitzen und Klappen spezielle Zellen entwickelt, die licht- oder druckempfindlich waren oder spezifische Moleküle unterscheiden konnten. In manchen Sonnensystemen besaßen die fortgeschrittensten Kreaturen nur ein oder zwei elektromagnetische Fühler, die meist oben am Körper saßen; in anderen waren Dutzende Sinnesorgane am ganzen Körper verteilt, bis hin zu den Extremitäten. Manche Tiere waren sehr empfindlich für Magnetfelder, andere für Infrarotstrahlung, wieder andere registrierten jede winzige Erschütterung und konnten sich so ein Bild der Bewegungen in ihrer Umgebung machen.

Der Körperbau der Tiere war genauso vielfältig wie alles andere. Es gab Organe zum Verdauen von Zucker und Fetten und anderen Energiequellen, Organe, die Flüssigkeiten und Gase im Körper kreisen ließen, Ausscheidungsorgane, Organe zum Hervorbringen von Tönen zum Zweck der Kommunikation, Organe zum Speichern von Bewegungs- und chemischer Energie und Organe zur Bewahrung des Gleichgewichts in einem Gravitationsfeld. Die Sauerstoffnutzer hatten ein tragendes Knochengerüst. Sie hatten ein inneres elektrisches Leitungssystem und vielfältige Sinnesorgane. Gehüllt waren sie in Haare, Pelze, Schuppen, Siliziumkristalle. Die Geschöpfe in wärmeren Klimazonen entwickelten dünne, poröse Häute, sodass die Hitze besser abgeleitet werden konnte. Dort, wo es kalt war, hatten die Geschöpfe dicke Wülste und Fettschichten unter der Haut, um die Wärme im Körper zu halten. Auf Planeten in der Nähe von Sternen mit starker ultravioletter Strahlung wuchsen den Geschöpfen dicke metallische Schilde, um ihre Körper zu schützen. Auf Planeten mit niedriger Schwerkraft waren die Tiere schlaffer und größer, auf Planeten mit hoher Schwerkraft waren sie klein und kompakt.

Im Verlauf einiger Milliarden planetarischer Umläufe um ein Zentralgestirn und Milliarden von wechselnden Jahreszeiten wurden viele Möglichkeiten ausprobiert. Eigenschaften, die einem Tier beim Überleben halfen, wurden auf natürliche Weise in künftigen Generationen fortgepflanzt. Eigenschaften, die beim Überleben nicht halfen, wurden dagegen allmählich eliminiert, weil die Nachkommen der betreffenden Kreatur sich in ihrer Umgebung nicht so gut durchsetzen und weiter fortpflanzen konnten. Zur Fortpflanzung schlossen sich viele Sauerstoffnutzer zu Paaren zusammen. Sie führten ihre Fortpflanzungsmoleküle zusammen, um auf diese Weise kleine, selbstständige Nachkommen zu zeugen anstatt sich selbst zu teilen. In einigen

Welten pflanzten sich die Geschöpfe allerdings nicht nur in Paaren, sondern auch in Dreier- und Vierergruppen fort, was zwar komplizierte Verrenkungen notwendig machte, aber große Variationen des Erbguts ermöglichte.

Und erst die Gehirne! Wie ich mir fast schon gedacht hatte, entwickelten sich die Koordinations- und Kontrollzellen in fantastischem Maße und bildeten komplexe Netzwerke elektrischer Aktivitäten. Manche dieser Gehirne enthielten bis zu zehn Billionen Zellen, von denen jede mit tausend anderen Kontakt hatte.

Geschöpfe mit solchen Gehirnen fingen bald an, ihre Umgebung umzugestalten. Sie erzeugten neue Materialien und bauten unbelebte Dinge nach ihren eigenen Entwürfen. Wege, Kanäle, Maschinen und Werkzeuge, Städte. Sie entwickelten fortgeschrittene Kommunikationsmethoden, sie übertrugen Informationen in elektromagnetische Strahlung oder speicherten sie in siliziumbasierten Molekülen und Quanten-Clustern. Sie schufen Vorrichtungen, um Energie aus ihrem Zentralgestirn und vorbeifliegenden Kometen zu beziehen. Sie entdeckten die Mathematik. Sie führten Experimente durch. Sie bauten Instrumente, um Dinge zu beobachten, die ihre Körper nicht wahrnehmen konnten. Sie entwickelten Theorien über das physische Universum. Und sie entdeckten viele der Gesetze und Prinzipien, die das Universum beherrschten, *meine* Prinzipien und Gesetze. Diese Anhäufungen von Atomen und Molekülen *entdeckten meine Gesetze*!

Und die Musik, die sie machten! Was ich mir in meiner Fantasie vorgestellt hatte, erzeugten sie mit körperlichen Instrumenten, mit vibrierenden Saiten, Luftstößen und Flüssigkeitsdruck. Als ich ihre Musik von einem Sonnensystem zum nächsten klingen hörte, wurde mir bewusst, dass diese Gehirne tatsächlich zur Schönheit des Kosmos beitrugen und an ihr teilhatten, ganz wie Onkel Deva gesagt hatte.

Und ja, sie waren sich ihrer bewusst. Sie dachten. Aber das war nicht alles. Sie *fühlten* auch. Sie spürten ihre Verbindung zu den Galaxien und Sternen. Sie erfassten die Schönheit und Tiefe des Daseins und drückten diese Erfahrung in musikalischen Harmonien und Rhythmen aus. In Gemälden. In Metaphern und Wörtern. Im Tanz und in symbiotischer Übertragung. Sie stellten sich den Kosmos jenseits der eigenen Körper vor. Sie stellten sich alles Mögliche vor. Aber wie das alles begonnen hatte, konnten sie sich nicht vorstellen. Trotz all ihrer Intelligenz gab es Grenzen für ihre Vorstellungskraft. Sie konnten nichts wissen über Dinge, die nicht ihrem Wesen entsprachen. Sie konnten nichts wissen vom Nichts. Aber das Geheimnis dieser Dinge schienen sie durchaus zu spüren. Es pochte in ihrem Inneren und öffnete sie.

Die Zeit flatterte, tanzte und drehte sich hoch. Sie streckte sich, zog sich zusammen, dehnte sich und löste sich auf. Hinsichtlich der Zeit hatte ich mich geirrt. Obwohl man die Zeit mithilfe der Atomuhr messen und einteilen konnte, bewegte sie sich jetzt, wo es andere gab, die sie wahrnehmen konnten, nicht mehr von allein. Oder besser gesagt: Selbst wenn sie sich von allein bewegte, war ihre Bewegung nur insoweit von Bedeutung, als sie erlebt wurde. Die Zeit war zum Teil eine Auffassungsfrage. Sie war etwas in den Köpfen. Genauso wie die Ereignisse. Seit das Universum begonnen hatte, waren fast 10^{33} Ticks der Wasserstoffuhren erfolgt. Sterne waren geboren worden. Sterne waren alt geworden und explodiert oder zu dämmrigen, kalten Schlackehaufen geschrumpft. Galaxien waren zusammengestoßen. Es hatten sich lebende Zellen gebildet. Dann Gehirne, die denken und fühlen konnten. Städte waren aus der Wüste gewachsen. Städte waren gefallen. Zivilisationen waren aufgeblüht und gestorben. Neue Zivilisationen waren aufgestiegen. Nichts war von Dauer. Die lebenden Wesen, die Geschöpfe mit Intellekt, waren von allem das Flüchtigste. Sie kamen und gingen, kamen und gingen, Milliarden von Leben, die aufeinanderfolgten, jedes so schnell wie ein Atemzug. Atome vereinigten sich in ihren besonderen Konstellationen, um eins dieser kostbaren Leben zu bilden, hielten ein paar Augenblicke zusammen und zerstreuten sich dann wieder zu lebloser, öder Materie.

Wenn man alle Atome zusammennahm, war das Leben eine sehr seltene Sache in meinem Universum. Nur ein Millionstel von einem Milliardstel eines Prozents der Materie in Aalam-104729 bestand aus lebenden Wesen.

Bewusstsein

Obwohl es ganz von allein passiert war, wollte ich doch gern wissen, wie das *Bewusstsein* in meinem Universum entstanden war. Was für ein erstaunliches und unerwartetes Phänomen! Man lässt ein bisschen langweilige, tote Materie herummurksen, sie wird von anderer toter Materie herumgeschubst und durchgeschüttelt, man lässt zu, dass sie sich durch planlose, zufällige Ereignisse verändert und entwickelt, und plötzlich stellt sie sich auf die Hinterbeine und sagt: »Hier bin ich. Wer bist du?«

Natürlich verstand ich alle Kräfte, die in den Atomen wirksam waren. Das waren ja einfach nur meine Gesetze und Ordnungsprinzipien. Aber ein *Bewusstsein* – dieses Zusammenwirken individueller Zellen, um ein Gefühl des Daseins, der Ganzheit, der Lebendigkeit und des *Ich-Seins* zu erzeugen – das war eine ganz andere Sache. Es war eine kollektive Leistung, die weit über die Fähigkeiten der Einzelteile hinausging. Es war ganz außergewöhnlich. Es war wundervoll. Es war fast wie eine neue Form der Materie. Wie war das zustande gekommen? Wie viele Zellen brauchte man, um ein Bewusstsein zu schaffen?

Ich beschloss, ein Experiment durchzuführen. Ich liebte Experimente. Während die spontane Entstehung des Bewusstseins in meinem Universum einige Milliarden Planetenjahre gedauert hatte, konnte ich den Vorgang auf ein paar Momente beschleunigen.

Ich betrat Aalam-104729 und schöpfte ein paar Koordinations- und Kontrollzellen aus dem warmen Meer eines neuen Planeten. Diese Zellen ähnelten sich im gesamten Kosmos auf ganz erstaunliche Weise. Ich legte sie auf einen glatten Felsen am Ufer, wo sie nach Belieben elektrische und chemische Kontakte herstellen konnten. Ich fing mit ungefähr tausend Zellen an. Nichts. Ich fügte weitere Zellen hinzu, immer tausend auf einmal, bis ich hunderttausend beisammenhatte, die einen kleinen grauen Klumpen auf einem glatten Felsen bildeten.

Immer noch nichts. Nur ein paar zufällige elektrische Zuckungen, ein bisschen Gesumm und Gebimmel. Es war äußerst frustrierend. Ich wollte den Klumpen so dringend zum Aufwachen bringen. Ich schüttelte den Felsen und schwenkte den grauen Klumpen damit herum. Ich spielte ihm sogar Musik vor, eine muntere Bellantyne, immer in der Hoffnung, dem Ding damit ein Bewusstsein zu geben. Ich fügte noch mehr Zellen hinzu. Zehn Millionen. Immer noch nichts.

Hundert Millionen. Nicht viel, aber die elektrische Aktivität wurde ein bisschen interessanter. Komplexere Muster erschienen, kollektive Muster, die ich zuvor nie gesehen hatte. Die Zellen begannen, miteinander zu kommunizieren, aber das meiste war bedeutungsloses

Geschwätz, so wie das Gemurmel von Tante Penelope. Inzwischen hatte ich die Evolution von ein paar Milliarden Planetenjahren nachgespielt. Ich verdoppelte die Zahl der Zellen. Zweihundert Millionen.

Und jetzt passierte etwas Ungewöhnliches! Der Gelatinepudding von grauen Zellen begann, Muster elektrischer Aktivität zu erzeugen, die nichts mit ihrem Überleben zu tun hatten. *Unnötige* elektrische Aktivität, die aber keineswegs willkürlich war. Das Ding schien auf sich selbst zu reagieren. In irgendeiner Zelle ging ein elektrischer Pieps los, wurde weitergegeben an andere Zellen, die ihrerseits auch einen Pieps von sich gaben, und dann erklangen sie alle im Chor, verstärkten sich gegenseitig zu einem elektrischen Zirpen, das lauter und leiser wurde wie eine Melodie, mit raffinierten Obertönen. Nach einer Weile erstarb diese Melodie, und das Ding wurde still. Aber dann fing es wieder an.

War es das? War das Bewusstsein? Das, was ich suchte, war so subtil, so zerbrechlich, aber wenn es da war, dann war es ganz unverwechselbar. Natürlich erwartete ich nicht, dass mein kleiner Zellklumpen mit mir reden würde – de facto hat sich das Bewusstsein entwickelt, ehe es Sprache gab. Aber von einem bestimmten Punkt an würde so ein Materieklumpen sich seiner selbst bewusst werden.

Ich hatte das Gefühl, vor einem Durchbruch zu stehen. Ich musste nur noch ein bisschen mehr tun. Ich suchte nach einem Werkzeug, mit dem ich den grauen Klumpen anstupsen konnte. Da! Ich sorgte dafür, dass er ganz leicht von einem Zweig berührt wurde. Die Zellen, die dabei angetippt wurden, zuckten und schauderten etwas. Sie begannen zu piepsen. Das Piepsen wurde von den anderen aufgegriffen und sie begannen, ebenfalls zu piepsen, bis das gemeinsame Zirpen losging. Nach ein paar Minuten wurde der kleine graue Klumpen wieder still. Dann veranlasste ich den Zweig, den Klumpen zweimal zu berühren, eine Pause zu machen und ihn dann dreimal anzustupsen. Das war natürlich eine große Sache: Offensichtlich eine Nachricht von der Außenwelt. Jetzt zitterten die Zellen, die angestupst worden waren, sehr viel stärker, nahmen Kontakt mit den anderen auf, und bald redeten alle zweihundert Millionen grauen Zellen aufgeregt miteinander, als hätten sie gerade festgestellt, dass die Welt auf dem Kopf stand. Das große Zirpen schwoll an, erstarb und schwoll wieder an, und während es durch den Klumpen hindurchging, wurde es immer komplexer, veränderte sich, kam am Ende aber zu einem wiederkehrenden elektrischen Muster zurück. Der Klumpen *dachte nach*. Er war keine bloße Ansammlung von zweihundert Millionen einzelnen Zellen mehr, er war ein Gehirn. Aber er hatte einen Anstoß von außen gebraucht, um sich selbst zu erkennen.

Ich analysierte seine Erregung. Er hatte natürlich keine organisierte Sprache, aber ich verstand die elektrischen Signale und konnte sie übersetzen. Durch nebelhafte Verwirrung und primitive Gedankenfragmente war eine dumpfe Botschaft vernehmbar: »Da *draußen* ist was. Da draußen *ist* was. Da draußen ist was und hat *mich* angefasst.« Das »mich« war natürlich das

Schönste daran, ein spezielles, von vielen Zellen geschaffenes elektrisches Muster, das keine andere Bedeutung haben konnte. Jenseits der Analyse der einzelnen Zellen, jenseits der durcheinanderflitzenden elektrischen und chemischen Impulse hatte der Klumpen ein Gefühl von Einheit. Und was ich noch bemerkenswerter fand: Meine eigenen Gefühle gegenüber diesem Zellhaufen hatten sich spürbar verändert. Während ich ihn zuvor nur als einen Klumpen Materie betrachtet hatte, empfand ich ihm gegenüber jetzt Sympathie, fast schon eine gewisse Zärtlichkeit. Ich wollte es beschützen.

Zweihundert Millionen Zellen, ungefähr. Und später Maschinen, Städte und Symphonien.

Stimmen

Ich hörte Stimmen aus dem Universum. Erst aus einem Sonnensystem, dann aus einem anderen und noch einem. Die unbelebte Materie, die Zeit und Raum in riesigen Schichten bedeckte, blieb stumm. Aber die belebte Materie, die Materie mit Geist und Seele, begann, mit mir zu sprechen. Oder, um etwas genauer zu sein, die Geschöpfe sprachen zu etwas, von dem sie glaubten, das könnte ich sein. In manchen Fällen sprachen sie auch zu etwas, von dem sie wussten, dass ich es nicht war. Schließlich bin ICH, was ist, und ich bin auch, was nicht ist.

Gesegneter Allesbeweger, wir danken dir für diese Mahlzeit. Wir danken dir für das, was du mir und meinen Kindern gegeben hast.

Was bedeutet es? Dieser Himmel, diese Hand? Weiß jemand, was es bedeutet?

Gott wird dich töten, weil du mein Leben zerstört hast. Hörst du mich, Gott?

So viel Schönheit!

Ich kann den Schmerz nicht länger ertragen. Lass mich bitte sterben.

Verflucht seist du, Großer Schöpfer, oder was immer du sonst sein magst. Ich habe um Regen gebeten, aber du hast keinen Regen geschickt. Du bist unfähig. Du bist ein Hochstapler.

Ich bin wieder zu spät dran. Ich wünschte, die Tage wären länger.

Ist der Tod das Ende? Ich kann es nicht glauben. Warum soll das alles enden?

»Was für kleine Leben das sind«, sagte Belhor. »Finden Sie nicht? Aber sie haben auch eine gewisse Größe. Nicht in einem einzelnen Leben. Die Einzelnen sind bloß kleine Fliegenschisse, eigentlich gar nichts. Aber die ganze gallertartige Masse zusammen, die Horden, Sippen, Planeten – das hat was. Darin liegt eine gewisse Größe. Sie haben Ideen. Und sie strengen sich an.«

»Sie streben nach dem, was sie erreichen können«, sagte ich. »Aber sie streben auch nach dem, was sie nicht erreichen können. Die meisten streben nach Unsterblichkeit. Sie wollen für immer leben, obwohl sie keine Ahnung haben, was für immer heißt.«

Belhor und ich gingen zusammen durchs Nichts, nur wir beide. Er konnte die Stimmen genauso hören wie ich. »Ja, es ist wirklich merkwürdig, dass sie so scharf auf Unsterblichkeit sind«, sagte er. »Sie wissen doch gar nicht, ob Unsterblichkeit nicht unendliche Folter und grässliche Qualen bedeutet.«

»Aber das Gegenteil kennen sie sehr genau«, sagte ich. »Über Sterblichkeit wissen sie Bescheid.«

»Das stimmt«, sagte Belhor. »Sie sind von Tod und Sterben umgeben. Sie sehen, wie andere Lebewesen alt werden, Eltern und geliebte Geschöpfe. Sie sehen, wie die Außenhaut trocken und spröde wird. Sie sehen, wie die Bewegungsmöglichkeiten langsam geringer werden, wie das Hör- und Sehvermögen allmählich verschwindet und die inneren Organe eins nach dem anderen versagen. Ganz zu schweigen von Krankheiten.«

»Sie beschreiben die Dinge immer so grausam«, sagte ich. »Tod ist der Weg aller Materie.«

»Es sind Ihre Gesetze«, sagte Belhor. »Sie haben es so gewollt.«

»Ich bewundere die Träume von der Unsterblichkeit bei diesen Wesen«, sagte ich. »Es ist sehr edel, wenn man das Unerreichbare anstrebt.«

»Ich bin mir nicht sicher, ob das so edel ist«, sagte Belhor. »Sie wollen nicht sterben. So einfach könnte das sein. Viele haben Angst vor dem Tod.«

»Ja, sie haben Angst. Das ist Teil ihres Leidens. Ich wollte aber nicht, dass sie leiden. Dass sie leiden, betrübt mich.«

»Leiden ist bei Lebewesen unvermeidlich«, sagte Belhor. »Besonders, wenn sie ein Gehirn haben.«

»Ich habe das Leiden geschaffen.«

»Sie haben ein Universum mit Gehirnen geschaffen«, sagte Belhor. »Es gehört zum Wesen sterblicher Geister zu leiden, so wie es zum Wesen des Fleisches gehört abzusterben. Je höher die Intelligenz, desto größer die Begabung zum Leiden. Sie sind doch selber dran schuld. Es ist ja nicht ihre Angst vor dem Tod. Sie strotzen vor Gier. Sie brennen darauf, anderen wehzutun. Sogar sich selbst wollen sie Schaden zufügen. Sie töten. Sie morden. Sie führen Krieg. Sie stehlen. Sie lügen. Ganze Völker verderben.«

Lass mich aufstehen und meinen toten Vater verschlingen, dann werde ich satt, ganz und glücklich sein.

Gib mir den Mut und die Kraft, das zu töten, was mich töten will.

Iss. Wir sind schon satt.

Ah, was für ein schöner Körper! Der Schwung meiner Schultern und meiner Muskeln. Ja! Ja! Ich danke dir Gott, dass du mich so schön gemacht hast.

Bitte, lass meine Tochter nicht sterben. Sie ist noch so jung.

Wir haben den Beweis für das Unendliche gefunden. Hier, schau durch dieses helle Glas.

Was soll ich tun? Es ist verboten zu stehlen. Ich weiß, dass es Unrecht ist. Aber meine Mutter hat mich darum gebeten. Wir haben nichts mehr zu essen.

»Ich habe zwei verschiedene Ansichten gehört über die Sterblichkeit«, sagte Belhor. »Manche der Geschöpfe glauben, dass es nach dem Tod noch ein zweites Leben gibt. Ein rationaler Glaube ist das nicht, aber über die Grenzen des Rationalen haben wir uns ja schon früher verständigt. Andere glauben, dass mit dem Tod endgültig Schluss ist.«

»Bei der zweiten Ansicht verstehe ich die Angst vor dem Tod nicht.«

»Vielleicht sind sie so verliebt in das Leben und seine Freuden, dass sie nicht wollen, dass es irgendwann aufhört.«

»Dieses Gefühl sollte eher zu großer Traurigkeit führen, würde ich denken, aber doch nicht zu Angst.«

»Sie fürchten wahrscheinlich das Nichtsein«, sagte Belhor.

»Was würden Sie denn über den Tod denken, wenn Sie eins dieser Geschöpfe wären?«

Belhor lachte. »Ich bin keins von diesen Geschöpfen. Es ist mir genauso unmöglich, mir vorzustellen, dass ich eins davon wäre, wie es umgekehrt für diese Geschöpfe unmöglich ist, sich vorzustellen, sie wären ich. Oder Sie.«

»Viele scheinen glücklich zu sein«, sagte ich. »Sie freuen sich, am Leben zu sein und das auch zu spüren. Ich sehe Freude im Universum.«

»Noch mehr aber sind anmaßend und eitel«, sagte Belhor. »Denken Sie nur an den Mann vor dem Spiegel. Er hält sich für überlegen, weil er einen schönen Körper hat.«

»Ich weiß nicht, ob der Bursche sich wirklich überlegen fühlt. Wenn er klug ist, dann weiß er, dass körperliche Schönheit keinen inneren Wert widerspiegelt. Die Bewunderung für seine eigene Schönheit deutet eher darauf hin, dass er nicht glaubt, irgendetwas anderes von Wert in sich zu tragen.«

»Aber Klugheit ist doch von Wert. Und wenn er klug wäre, dann würde er das auch wissen.«

»Dann wären wir bei einem Widerspruch angelangt«, sagte ich. »Der Mann kann also nicht klug sein.«

»Ich habe auch keinen Augenblick geglaubt, dass dieses elende Geschöpf klug sein könnte«, sagte Belhor. »Aber er ist nicht nur unklug. Er verachtet diejenigen, die weniger gut aussehen als er selbst. Und dafür verdient er, ausgepeitscht und gehäutet zu werden.«

»Sie beurteilen ihn sehr streng.«

»Das hat er sich selbst zuzuschreiben«, sagte Belhor. »Ich würde ihm lediglich verabreichen, was er verdient. Er und seinesgleichen erniedrigen, was Sie geschaffen haben, und bereiten Ihrer Schöpfung Schande. Aber genau besehen, würde ich mir gar nicht die Mühe machen. Es gibt Billionen wie diesen Typen. Er ist nur ein Staubkorn, und wir können uns nicht mit einzelnen Staubkörnern abgeben.«

»Andererseits wird jedes Leben von einem einzelnen Lebewesen gelebt«, sagte ich. »Egal, wie viele Billionen es gibt, ist jedes Leben ganz individuell. Jedes Leben ist wertvoll.«

»Aber von geringer Bedeutung, jedenfalls für das Ganze«, sagte Belhor. »Der Fall der jungen Frau, die im Auftrag ihrer Mutter stehlen soll, damit die Familie etwas zu essen hat, ist viel interessanter. Sie hat einen inneren Konflikt.«

»Ich mache mir Sorgen um sie. Sie hat schon sehr viel gelitten beim Tod ihres Vaters.«

»Glauben Sie, dass es gerechtfertigt wäre, wenn sie der Aufforderung ihrer Mutter folgt?«

»Vielleicht sollte ich mal genauer hinschauen«, sagte ich.

»Das ist eine exzellente Idee. Vielleicht können wir aus ihrem Fall etwas lernen. Lassen Sie uns das neue Universum betreten und das Mädchen beobachten.«

»Ich werde hineingehen. Aber Sie sollten das nicht tun.«

»Ich war schon oft da drin«, sagte Belhor. »Sehr oft.«

»Wann? Ich habe keine Erlaubnis gegeben.«

Belhor lächelte. Er wurde dünner und dünner, bis er nur noch eine rasiermesserscharfe schwarze Linie war. Sie reckte und streckte sich durch das Nichts, bis sie die pulsierende Hülle von Aalam-104729 durchstieß und darin verschwand.

»Jetzt sind wir drin«, sagte Belhor.

Er war hypnotisch, und ich gab nach. »Jetzt, wo wir beide hier sind«, sagte ich, »werden Sie meine Schöpfung respektieren.«

»Aber sicher doch«, sagte Belhor.

»Gut, dann werden wir mal bei der jungen Frau vorbeischauen, um von ihrem Leben etwas zu lernen. Ich werde die Falten der Zeit aufschlagen, die Zeit der rotierenden Galaxien in immer kleinere Einheiten teilen bis zur Lebenszeit eines Einzelnen und den Momenten darin.«

»Ja. Jetzt haben Sie ein Scheibchen Zeit herausgeschnitten, ein Scheibchen aus dem Leben der jungen Frau.«

»Eine bestimmte Galaxie in einem Cluster von Galaxien. Ein bestimmtes Sonnensystem mit drei Planeten. Der Planet ist der innerste. Diese Provinz, und diese Gemeinde. Dieses Wohngebiet. Dieses Haus. Da. Sehen Sie sie? Es ist schon fast Abend, die Dämmerung fällt. Die junge Frau schaut aus dem Fenster. Achtzehn Jahre alt, nach örtlicher Zeitrechnung. Sie trägt einen weißen Umhang, der Saum ist ausgefranst. Sie lehnt sich an eine gekalkte Wand. Noch eine weitere Person ist in der Kammer, ihre jüngere Schwester. Sie hockt auf dem Boden und lässt kleine Steine in eine Flasche fallen. Vor einem Jahr ist ihr Vater bei einem Unfall gestorben.«

Alle paar Sekunden schaut die junge Frau sich im Zimmer um, als wäre da ein Besucher. Sie seufzt, dann starrt sie wieder zum Fenster hinaus. Auf einen Hof voller kugelförmiger Steine blickt sie hinaus, dahinter liegen schmale Gassen, die kaum breit genug für einen Karren sind. Aus den Rissen in den weißen Mauern der anderen Häuser hängt Unkraut herunter. In der Luft liegt der Geruch von verfaulten Essensresten. Der Eingang zu ihrem eigenen Haus ist aus schmutzigen Ziegeln gemauert. Neben dem Hauptraum liegen zwei kleine Schlafplätze. Auf dem Pandamin singt ein Klangspiel in der Brise, die vor dem Regen kommt. Abgesehen von dem Klangspiel ist es so still, dass die junge Frau das Kratzen eines Insekts auf dem Steinfußboden hören kann und das Flüstern des Windes in den Samarin-Hainen.

Eine ganze Weile schon hat die junge Frau am Fenster im dämmrigen Schweigen gestanden und nachgedacht. Sie hat die letzten Strahlen ihres Zentralgestirns beobachtet, die durch die Westkolonnade hereinfallen und lange, türkisfarbene Schatten über den Fußboden und das Wandgemälde werfen, das einen Sturm auf dem Meer zeigt. Jetzt beginnt ihr Schädel zu pochen. Sie weiß nicht, ob es Angst oder Schuld ist. Mit spitzen Fingern massiert sie sich ihre Schläfen, dann schreit sie, als ihr eine weitere Welle von Schmerz durch den Kopf schießt. Ihre jüngere Schwester springt auf. »Was ist?«, fragt sie.

»Nichts«, sagt die junge Frau. »Im Latrum ist Fleisch. Schon gebraten. Du kannst davon essen.«

»Wo hast du das her?«, fragt die Schwester erstaunt. Sie durchquert den Raum, findet den Braten, reißt sich ein paar Stücke herunter und fängt an zu kauen.

»Ist doch egal«, sagt die junge Frau. »Heb was für Mutter auf.«

»Wo hast du das her?«

Ohne Antwort zu geben, geht die junge Frau durch

die Kammer und entzündet eine Kupferlampe. Sie erzeugt einen lang gestreckten, elliptischen Lichtkreis und duftet nach Mylex-Rinde. Dann kehrt sie ans Fenster zurück. Draußen sieht sie einen schmutzigen Mann im Halblicht aus einem der Häuser kommen. Er wirft ein paar Fischgräten auf die Gasse und schlurft wieder ins Haus. Ein Tadr-Vogel kreist dreimal um die Zisterne, ehe er landet. Überall schlechte Vorzeichen, denkt sie.

»Wonach schaust du?«, fragt die Schwester.

»Nichts«, sagt die junge Frau. »Ich schaue nach gar nichts.«

»Warum starrst du dann aus dem Fenster?«

»Ich weiß nicht«, sagt die junge Frau. »Ich habe heute etwas Böses getan.«

»Unsere Mutter wird dich bestrafen. Aber ich werde ihr nichts sagen. Was hast du denn getan? War es wirklich so schlimm? Weiß sie, was du getan hast?«

»Sie hat von mir verlangt, dass ich's tue.« Die junge Frau starrt weiter aus dem Fenster und drückt ihre Hand so hart gegen eine scharfe Kante des Riegels, dass sie zu bluten beginnt.

»Was hast du denn Schlimmes getan? Du brauchst es mir nicht zu sagen, wenn du nicht willst.« Die Schwester wischt sich den Mund ab. »Vielen Dank, dass du Fleisch besorgt hast. Unsere Mutter ist bestimmt froh darüber. Sie hat gesagt, sie wüsste nicht, ob wir je wieder Fleisch essen könnten.« Das Mädchen schaut auf den staubigen Kalksteinboden, zittert und fängt an zu weinen.

»Wein doch nicht«, sagt die junge Frau. Sie legt ihrer Schwester den Arm um die Schulter und küsst sie auf die Stirn.

»Was wird aus uns werden?«, sagt die Schwester.

»Mach dir deswegen keine Sorgen«, sagt die junge Frau. »Ich werde noch mehr gutes Essen besorgen.«

»Und wenn du das nicht kannst?«

»Mach dir keine Sorgen.«

Weitere Gedanken zur Unsterblichkeit

Onkel Deva und Tante Penelope konnten die Stimmen nicht hören. Aber ich erzählte ihnen davon.

Armes Ding, sagte Onkel Deva. Sie ist so jung. Sie hat große Angst. Und traurig ist sie. So viele von diesen Geschöpfen sind erfüllt von Trauer und Angst. Mein Onkel stieß einen Seufzer aus. Jetzt kennen wir also auch das. Die Traurigkeit ist in das Universum gekommen. Ich weiß nicht, woher sie gekommen ist, aber ich spüre sie. Bis jetzt habe ich Traurigkeit nicht gekannt. Jetzt überschwemmt sie die Häuser und Gemeinden. Sie hat das Leben infiziert wie eine Wunde, die nicht heilen will. Das tut mir so leid. Nun bin ich auch traurig, zum ersten Mal in der Unendlichkeit der Zeit. Dieses arme Mädchen. Erst ist ihr Vater gestorben, jetzt das. Was für eine Mutter ist das, die von ihrem Kind verlangt, dass es stehlen soll?

Die Familie hat etwas zu essen gebraucht, sagte ich. Ihre Tochter darum zu bitten, dass sie stehlen soll, war für die Mutter genauso schlimm, wie es für die Tochter schlimm war zu stehlen. Wir haben ja nur einen Ausschnitt gesehen.

Du kannst einzelnen Geschöpfen in diesem Universum nicht so viel Aufmerksamkeit schenken, sagte Tante Penelope. Das kann ich dir nur raten. Wir müssen daran denken, wo wir sind und wer wir sind.

Manchmal klingst du so … Ich wünschte, du würdest … Aber wahrscheinlich hast du recht, Penelope, sagte mein Onkel. Diese Wesen sind nicht von gleicher Art wie wir. Das hab ich ja schon immer gesagt.

Nein, das ist nicht ganz das, was du schon immer gesagt hast, sagte Tante P. Um ihre Feststellung zu unterstreichen, riss sie ein Stückchen Nichts ab und steckte es sich in die Haare. Erst hast du über unbelebte Materie geredet. Dann über Seelen. Und jetzt schmeißt du belebte und unbelebte Materie zusammen. Sind sie nun dasselbe oder nicht?

In mancher Hinsicht sind sie dasselbe und in anderer nicht, sagte Onkel D. Ich versuche, dir entgegenzukommen.

Jetzt geht's aber los, sagte Tante P. Was sagst du dazu, lieber Neffe? Du hast es ja alles gemacht. Es ist deine Schöpfung.

Ich habe nicht die Absicht, mich weiter in diese Auseinandersetzung hineinziehen zu lassen, sagte ich. Wart ihr glücklicher in diesem endlosen Schlaf vor der Erfindung der Zeit? Als wir alle bloß eine Menge nichts gemacht haben? Als es auch gar nichts zu tun gab? Einfacher war's damals schon, das gebe ich zu, aber wollt ihr das wirklich? Ich jedenfalls weiß jetzt, dass ich mich *gelangweilt* habe.

Meine Tante schaute zur Seite, wie immer, wenn sie

in die Ecke getrieben wird. Ich wusste, dass ich ihr gestatten musste, das Gesicht zu wahren.

Belebte und unbelebte Materie sind aus demselben Material gemacht, sagte ich. Aber es gibt offensichtliche Unterschiede.

Natürlich gibt es offensichtliche Unterschiede, sagte Onkel D. Zum Beispiel redet die belebte Materie.

Und leidet offenbar Schmerzen und Angst, sagte Tante P. Mein lieber Gemahl, hast du uns nicht allen versichert, dass es in dem neuen Universum keinen Schmerz geben würde? Was ist aus dieser rosigen Prophezeiung geworden?

Onkel Deva war gekränkt nach dieser Bemerkung und wurde ganz still. So eine Behandlung verdiente er nicht. Du solltest so etwas nicht sagen, erklärte ich meiner Tante. Bitte! Du kannst Onkel Deva nicht dafür kritisieren, dass er optimistisch ist. Die Verantwortung für das Leiden in Aalam-104729 liegt bei mir. Ich habe das Universum gemacht.

Tante Penelope seufzte und warf ihre Haare zurück. Mach dir keine Vorwürfe, mein Junge. Keiner von uns hat gewusst, was passieren würde. Das Ding hat einfach losgelegt. Du hast gute Arbeit geleistet. Das Ding hat einfach von selbst losgelegt.

Wir warfen einen Blick auf Aalam-104729. Das Universum war so stark gewachsen und angeschwollen, dass die Delle in der Mitte völlig verschwunden war. Seit es intelligentes Leben darin gab, vibrierte es mit noch größerer Intensität. Trotzdem waren die dramatischen Ereignisse in seinem Inneren von außen her nicht zu erkennen. Von außen sah es immer noch wie eine pummelige Kugel aus, rosa und seidig. Im Gegensatz zu den anderen Universen, die wild durch das Nichts flitzten, glitt es bedachtsam und zögernd vorbei, als wir ihm zuschauten.

Deinem Onkel mache ich auch keinen Vorwurf, sagte Tante P. Manchmal passieren Dinge eben einfach so, wie sie passieren. Sie versuchte ein kleines Lächeln. Ich bin ganz durcheinander, ganz durcheinander. Tut mir leid, Deva. Verzeih mir. Dann machte Tante P. etwas, das ich bisher noch kaum je gesehen hatte. Sie begann zu weinen. Keiner von uns hat das Leiden gewollt, sagte sie. Es ist einfach passiert. Oder dieser schreckliche Belhor hat es verursacht.

Onkel Deva umarmte Tante Penelope, und sie ließ es zu. Na, na, sagte er. Das Universum besteht ja nicht nur aus Leiden und Traurigkeit. Es gibt auch viel Glück darin. Stimmt's, mein Junge? Es gibt Freude, Geist und Musik.

Ja, sagte ich. All diese Dinge. Es ist ein schönes Universum.

Es hat uns verändert, sagte Tante P. Ich spüre es. Alles ist anders geworden. Das Nichts ist anders. Was wird aus uns werden?

Was meinst du damit?, fragte Onkel Deva. Wir werden weitermachen wie immer. Wir sind unsterblich.

Aber ich fühle mich gar nicht unsterblich, sagte Tante P. Diese armen Geschöpfe, die du geschaffen hast, lieber Neffe, werden leben und sterben. Warum leben wir weiter? Findet ihr das richtig, dass wir für immer existieren und diese Geschöpfe nicht?

Penelope! Was sagst du da?, sagte mein Onkel.

Es scheint einfach nicht richtig, sagte Tante P. Ist es richtig, dass sie Schmerzen leiden und wir nicht? Dass wir niemals Schmerzen leiden werden? Diese armseligen Kreaturen leiden, und wir schlendern im Nichts umher, das Nichts ist unendlich und wir sind es auch.

Onkel Deva war verwirrt. Ebenso wie ich hatte er meine Tante wohl kaum je in Tränen gesehen. Penelope, hast du nicht gerade vor einem Moment noch gesagt, dass wir diesen Geschöpfen nicht zu viel Aufmerksamkeit schenken dürfen?

Ich weiß nicht, was ich vor einem Moment gesagt habe, gab Tante P. zu. Ich bin ganz durcheinander. Dieses Universum hat alles verändert. Alles.

Ja, sagte ich. Sosehr wir auch wollen, wir können gar nicht anders, als mit diesen Geschöpfen und ihrem Leben zu fühlen. Ich ... ich habe das nicht vorausgesehen.

Du bist wirklich ganz durcheinander, sagte Onkel D. zu Tante Penelope. Ich erkenne dich gar nicht wieder.

Ich weiß nicht, sagte Tante P. Ich weiß einfach nicht. Das Leiden, das Unglück. Ich weiß nicht. Nicht richtig. Was ist passiert? Ich weiß nicht. Leid, Unglück.

Wir müssen an die Freude denken, sagte ich. Genau wie Onkel Deva gesagt hat.

Aber ... diese arme junge Frau, sagte Tante Penelope. So viele ... so viel ... Schmerz. Und wir ...

Hör auf!, brüllte Onkel D. So kannst du dich hier nicht aufführen. Hör auf mit der Heulerei!

Tante P. schniefte, schüttelte sich und richtete sich auf. In voller Größe war sie eine eindrucksvolle Erscheinung. Sag mir nicht, was ich zu tun habe, erklärte sie. Und sei nicht so herablassend. Geh und hol mir meinen Stuhl!

Natürlich, meine Liebe, sagte Onkel Deva und lächelte. Jetzt bist du wieder die Alte, mein Mädchen.

Wie Diamanten

»Jetzt, wo wir einmal damit angefangen haben«, sagte Belhor, »sollten wir auch zusehen, was aus der jungen Frau wird. Sie kämpft darum, sich wieder aufzurichten, wie eine Schildkröte, die auf den Rücken gefallen ist. Ich gehe davon aus, dass Sie nicht eingreifen werden?«

»Es ist nicht leicht, ihre Angst zu beobachten«, sagte ich.

»Sie müssen ihr gestatten, ihre eigenen Entscheidungen zu treffen«, sagte Belhor. »Zumindest müssen Sie zulassen, dass die Dinge ihren Lauf nehmen. Sie haben ja alles in Gang gesetzt.«

»Ich hatte nicht die Absicht, diese junge Frau und ihre Familie leiden zu lassen«, sagte ich. »Die Behauptung, dass solches Leiden berechtigt ist, trifft durchaus nicht immer zu. Die junge Frau hat nichts getan, womit sie ihr Unglück verdient hätte.«

»Aber sie hat die Entscheidung getroffen zu stehlen«, sagte Belhor. »Sie hätte sich anders entscheiden können.«

»Sie wissen genauso wie ich, dass sie dann ebenso unglücklich geworden wäre.«

»Ah ja, aber die Entscheidungen wären verschieden und das Unglück wäre auch ein anderes gewesen. Sie hätte sich weigern können zu stehlen. Es gibt andere Methoden, mit denen sie Nahrung für ihre Familie hätte beschaffen können. Sie hätte um Nahrung betteln können wie ihre Mutter. Jung und hübsch, wie sie ist, wäre sie als Bettlerin bestimmt sehr erfolgreich gewesen. Stattdessen hat sie gestohlen. Sie hat eine Entscheidung getroffen. Und sie hat nicht nur gestohlen, sondern sie hat von ihren Nachbarn gestohlen, die sie kennen und ihr vertrauen. Deren Vertrauen hat sie missbraucht.«

»Sie konnte ja nicht wissen, dass sie mit Betteln hätte Nahrung erhalten können. Das ist *Ihre* Einschätzung, Belhor.«

»Und warum weint sie dann?«, fragte Belhor. »Ihr Weinen ist keine Frage der Einschätzung. Es ist eine Tatsache. Ich glaube, ihr Weinen ist sehr selbstbezogen. Sie bedauert ihre Entscheidung, weil sie weiß, diese Entscheidung wird sie verfolgen. Weil sie Schuldgefühle hat, weint sie, weil sie eine Strafe und Leiden erwartet. Sie weint um ihrer selbst willen.«

»Da stimme ich nur zum Teil zu«, sagte ich. »Für mich zeigt ihr Weinen vor allem, dass sie mit dem Leben in ihrer Umgebung verbunden ist, sie eine Beziehung zu ihrer Schwester, ihrer Mutter und ihren Nachbarn hat. Sie empfindet mit ihnen, sie denkt nicht nur an sich. Sie ist ein Teil der Welt und zittert wie ein Blatt, das vom Regen geschüttelt wird.«

Belhor und ich hatten uns erneut in das Universum

begeben und beobachteten wieder die junge Frau. Sie ging auf einem steinigen Fußweg zwischen den Häusern ihrer Gemeinde. Ihren Kopf hatte sie mit einem Tuch verhüllt, als wollte sie nicht, dass jemand sie sah. Es war früh am Morgen, und die gesprungenen weißen Mauern leuchteten im Sonnenlicht. Sie schwitzte leicht, und der Geruch vermischte sich mit dem Duft von gebratenem Fleisch. Durfte ich sie trösten? Sie war so nahe, jeden ihrer Schritte konnte ich verfolgen. Durfte ich ihr helfen? Nein, sie war nur eine unter so vielen. Ich durfte mich nicht einmischen. Ich durfte nicht. Aber da stand sie in all ihrer Zartheit und Hilflosigkeit. Und quälte sich. Durfte ich ihr nicht doch helfen? Jetzt? Wie konnte ich zuschauen, ohne zu helfen?

»Ich glaube, dieses Mädchen, das seinen Nachbarn Fleisch gestohlen hat, tut Ihnen leid«, sagte Belhor. »Aber was ist mit den Nachbarn? Warum tun Ihnen die nicht leid?«

»Die tun mir auch leid. Ich hätte eingreifen können. Ich hätte das alles verhindern können.«

»Und würden Sie auch bei den Billionen und Aberbillionen anderer Fälle eingreifen?«, fragte Belhor. »Nachdem Sie entschieden haben, welche es wert sind, dass Sie sich darum kümmern? Nehmen wir mal an, Sie würden es tun, in bester Absicht natürlich, aber in manchen Fällen machen Sie dabei eine schlechte Situation noch schlechter? Was dann?«

»Hören Sie auf, mich zu provozieren, Belhor. Ich habe gesagt, ich werde nicht eingreifen.«

»Und ich bin sehr froh über diese Erklärung. Ihr

Nicht-Eingreifen macht diese Fälle erst interessant. Sie sind von einer gewissen … Unklarheit. Aber darüber hinaus bin ich ja der Ansicht, dass Ihre intelligenten Geschöpfe in der Lage sein sollten, eigene, unbeeinflusste Entscheidungen zu treffen, damit sie erfahren, wer sie sind. Wenn sie beschließen, etwas Gutes zu tun, dann wissen sie etwas über sich. Und wenn sie beschließen, etwas Böses zu tun, dann wissen sie auch etwas über sich. Sonst wären sie wie Steine, wie unbelebte Materie. Die Geschöpfe wären noch interessanter, wenn sie nicht so unbedeutend wären. Es sind alles so kleine Leben. Trotzdem können wir aus der Gesamtheit durchaus etwas lernen. Zu sehen, wie sie leben, finde ich amüsant – ihre Städte, ihre Behausungen und Zimmer, ihre schmutzigen Gassen voller Abfall. Haben Sie die Pfützen vor dem Haus der jungen Frau gesehen?«

»Ja«, sagte ich. Eine dünne Schicht von Pollen war darauf heruntergerieselt und hatte ihre Oberfläche bedeckt. Die Wasserpfützen zerlegten das Sonnenlicht und schimmerten in allen Farben. Wie verstreute Diamanten.

Hände verstümmeln

Es ist jetzt ungefähr 1,576 × 10^{33} Ticks der Wasserstoffuhren her, seit ich das Universum geschaffen habe. Obwohl ich selbst der Schöpfer bin, habe ich viel von meiner Schöpfung gelernt. Dies habe ich gelernt: Der Geist ist ein ganz besonderer Ort. Unabhängig von den natürlichen Bedingungen, sogar unabhängig von biologischen Notwendigkeiten kann der Geist seine eigene Realität schaffen. Er kann heiß aus kalt und kalt aus heiß machen, Schönheit aus Hässlichkeit und Hässlichkeit aus Schönheit. Der Geist macht seine eigenen Regeln.

Nehmen wir zum Beispiel den Planeten, den mein Onkel Akeba genannt hat. Er kreist um den kleineren von zwei Sternen in einem Doppelsternsystem. Im Verlauf einer langen Evolution hat die herrschende Zivilisation auf diesem Planeten ein verblüffendes Ungleichgewicht zwischen den beiden Geschlechtern entwickelt. Die Weibchen gelten als deutlich minderwertig gegenüber den Männchen. Nicht nur als minderwertig, sondern als völlig abhängig. Um sicherzustellen, dass die Weibchen hilflos sind, werden allen weiblichen Kindern die Hände gelähmt. Dazu werden bestimmte Nerven durchtrennt. Aufgrund der Lähmung schrumpfen die Hände nach wenigen Jahren zu völlig unbrauchbaren kleinen Stümpfen zusammen. Die weiblichen Angehörigen dieser Gesellschaft können Gegenstände weder greifen noch bearbeiten, sie können keine Werkzeuge oder Maschinen benutzen, ja, sie können nicht einmal Nahrung zum Mund führen. Alle Weibchen sind dementsprechend völlig auf Männchen angewiesen, das heißt auf Geschöpfe mit brauchbaren Händen. Ihr ganzes Leben lang müssen sie von Männchen gefüttert werden, sie müssen in Behausungen leben, die von den Männchen gebaut werden, sie müssen von Männchen gekleidet und in jeder Beziehung versorgt werden. Jedes Weibchen muss sich einem Männchen anschließen und ihm den ganzen Tag nachlaufen. Die weiblichen Neugeborenen haben nach wie vor normale, funktionierende Hände, da die Evolution in Millionen Jahren die Nützlichkeit dieser Glieder festgestellt hatte. Aber die kulturellen Traditionen dieser Gesellschaft stehen im Widerspruch zur Natur. In zartem Alter werden die Nerven mit einem rituellen Messer durchschnitten, die Schmerzen mit dem Saft der Istrex-Pflanze gedämpft.

Vielleicht hätte man diesen Brauch ignorieren können, wäre er in einer Gesellschaft mit niedriger Intelligenz ausgeübt worden, bei einem Insektenvolk beispielsweise. Aber die Angehörigen der herrschenden Spezies auf Akeba sind geistig hoch entwickelt. Die Männchen bauen geniale Städte. Sie haben Flugmaschinen und elektromagnetische Kommunikationssysteme geschaffen. Sie feiern ihre Maler, Musiker, Schriftsteller und Philosophen. Trotzdem akzeptieren sie ihre Tradition des Händeverstümmelns, ohne sie jemals zu hinterfragen. Die Männchen betrachten es als Verpflichtung und als Vergnügen, sich um die hilflosen Weibchen zu kümmern, ohne sich dabei vor Augen zu halten, dass sie selbst die Voraussetzungen dafür geschaffen haben, dass die Weibchen versorgt werden müssen.

Der verblüffendste Aspekt dieser Tradition des Händeverstümmelns ist wohl der, dass die Weibchen sie ohne Protest akzeptieren. Dabei ist es nicht etwa so, als wären sie dumm. Sie sind genauso intelligent wie die Männchen. Aber nachdem der Brauch schon so lange existiert, halten beide Geschlechter ihn für geheiligt. Die Mütter schauen befriedigt zu, wenn sich das rituelle Messer in das Fleisch ihrer Töchter senkt und die entscheidenden Nerven durchtrennt. Die Zeremonie ist ihnen so natürlich wie der Regen. In den seltenen Fällen, in denen eine Frau sich gegen die Sitte auflehnt, wird sie von der Gemeinschaft ausgestoßen. Sie erhält ein dümmliches Männchen, das sie versorgen soll, und verbringt den Rest ihres Lebens in Einsamkeit und Verzweiflung. Die große Mehrheit der Weibchen nimmt das Händeverstümmeln nicht nur hin, sondern bejaht und verinnerlicht es. Sie scheinen zufrieden, ja, sogar glücklich, den Männern ihre Unabhängigkeit völlig zu opfern. Ihre Rolle im Leben besteht darin, versorgt zu werden, den Männern das Gefühl der Stärke zu geben und sich zum Zweck der Vermehrung und des

Lustgewinns mit ihnen zu paaren. Sie begrüßen diese Rolle.

Obwohl ich Belhor versprochen hatte, mich in die Angelegenheiten der Lebewesen in Aalam-104729 nicht einzumischen, bin ich doch immer wieder in Versuchung gewesen, die Sitte des Händeverstümmelns auf Akeba zu unterbinden. Fragen sich die Weibchen denn gar nicht, was sie mit den Händen tun könnten, mit denen sie geboren werden? Leiden sie denn nicht darunter, dass sie wie hilflose Schoßtiere behandelt werden, obwohl sie genauso intelligent wie ihre Wärter sind? Merken sie gar nicht, dass man ihnen ihre Würde genommen hat?

Aber ich zögere immer noch einzugreifen, denn ich kann nicht vorhersagen, was auf meine Einmischung folgen würde. Vielleicht würde sich diese Gesellschaft ohne die altehrwürdige Tradition des Händeverstümmelns langsam auflösen? Vielleicht haben sich die Geschöpfe auf Akeba so an die Vorstellung angepasst, die Männchen seien überlegen und die Weibchen von ihnen abhängig, dass sie gar nicht anders leben können? Vielleicht können sie sich ein Leben, in dem Weibchen und Männchen gleich sind, gar nicht vorstellen? Ihre Gehirne haben eine Realität geschaffen. Und wenn sowohl die Männchen als auch die Weibchen mit ihren Rollen zufrieden, ja, sogar glücklich sind, wäre es dann nicht am besten, die Gesellschaft einfach so weitermachen zu lassen wie jetzt, ungestört und zufrieden mit ihren Wahnvorstellungen?

Wenn ich mich aber einmische, würde ich gern ein

Experiment machen. Ich würde einen Planeten schaffen, auf dem es die genau umgekehrte Tradition gibt: Den Männchen werden die Hände verstümmelt. Dann würde ich nach vielen Generationen, in denen sich diese Gegentradition etabliert hat, Geschöpfe aus beiden Gesellschaften zusammenbringen und sehen, was passiert. Ich glaube, beide Gesellschaften wären schockiert, wenn sie auf diese Weise eine ganz andere Realität sähen. Vielleicht durchschauen sie ihre Hirngespinste dann. Aber vielleicht ziehen beide Gesellschaften trotz einer solchen Konfrontation auch weiterhin ihre eigenen Wahnvorstellungen vor. Der Geist ist ein ganz besonderer Ort.

Religion

Ihr beide habt gewollt, sagte ich, dass sich die Geschöpfe in meinem Universum meiner bewusst sind. Ich wollte euch sagen …

Ich dachte, das wäre längst abgehakt, sagte Tante Penelope und fummelte an ihrem Haar herum. In letzter Zeit hatte sie neue Frisuren ausprobiert und steckte sich gerade eine schicke, aus Nichts gefertigte Spange ins Haar. Deva, rief sie, hattest du das nicht schon mit deinem Neffen geklärt? Die Sache mit der Seele? Und der Verbindung zu IHM?

Ich glaube, ER hat da noch nicht viel gemacht, sagte Deva. Ich würde nicht …

Ich dachte, wir hätten das längst geklärt, sagte Tante Penelope. Da denkt man, die Sache ist abgehakt, dann merkt man, es ist alles noch offen. Also entweder oder. Da denkst du, es wäre so, und dann ist es ganz anders. Mal so, mal anders.

Liebes, du babbelst, sagte mein Onkel.

Na schön, sagte Tante P., was sagst du dazu Neffe? Hast du dich darum gekümmert oder nicht? Wissen die Geschöpfe, dass du der Schöpfer bist?

Ja und nein, sagte ich.

Da haben wir's, sagte Tante P. Ich sage euch, ihr zwei seid unmöglich, völlig unmöglich.

Die Geschöpfe haben ihre eigenen Vorstellungen von mir entwickelt, sagte ich. Sie haben jetzt *Religionen*.

Was soll das heißen? Hast du ihnen Bescheid gesagt, Junge? Hast du dich mal gezeigt?

Mich gezeigt?, sagte ich. Ich soll einen öffentlichen Auftritt in meinem Universum machen? Das würde sie glatt überfordern. Das wäre reine Angeberei. Ein öffentlicher Auftritt kommt für mich gar nicht infrage.

Das heißt, die Geschöpfe haben *Vorstellungen*, ohne irgendwas Genaues über dich zu wissen?

Sie haben viele verschiedene Vorstellungen, sagte ich. Sie wollen an etwas Großes glauben und ihrem Leben einen Sinn geben. Sie wollen einen großen Plan im Universum erkennen. Dafür bewundere ich sie.

Ich verstehe das vollkommen, sagte Onkel Deva. Das sind intelligente Geschöpfe, Penelope. Sie denken. Sie suchen nach einem Sinn.

Sie wollen das, was wir haben, sagte Tante P. Sie wollen Unsterblichkeit.

Natürlich wollen sie die, sagte mein Onkel. Sie wissen aber auch, dass sie nicht unsterblich sein können. Deshalb wollen sie, dass *irgendwas* unsterblich ist. Sie kommen und gehen so rasch. Sie wollen etwas von Dauer.

Aber sie haben doch keine Ahnung, wovon sie reden, sagte Tante P. Sie raten doch bloß herum. Ich dachte, du würdest dich darum kümmern, Junge. Ich dachte, du würdest sie wissen lassen, wer du bist. Wer du *wirklich* bist. Was immer sie sich vorstellen, kann der Realität ja gar nicht entsprechen. Es kann weder die Unendlichkeit noch das Nichts sein.

Aufgrund meiner Beobachtungen, sagte ich, können sie das Nichts nicht erfassen. Sie haben gar keine Möglichkeit, es zu begreifen. Aber ich habe mich bei ihnen umgesehen. Sie haben schöne Gebäude gebaut, um mich zu verehren und ihren Glauben an etwas Ewiges zu feiern. Ich habe gesehen, wie sie sich in diesen Gebäuden versammeln. Sie singen und beten, während durch die Bogenfenster oder Öffnungen in den Kuppeldächern rotes und blaues Licht hereinströmt. Sie bringen Opfergaben. Sie haben Lieder. Sie fasten und verzichten auf ihre Bequemlichkeit, um ihren Glauben zu zeigen. Sie lehren ihre Kinder Geschichten über den Ursprung der Welt.

Du brauchst nichts weiter zu sagen, erklärte meine Tante. Ich kenne dich doch. Ich dachte, du hättest dich darum gekümmert, aber ich sehe schon … Du lässt sie herumraten.

Raten ist doch nicht schlimm, sagte ich. Sie sehen da ein Geheimnis. Ich glaube, ein bisschen etwas Geheimnisvolles ist gar nicht so schlecht. Da können sie staunen. Es inspiriert sie.

Manchmal bist du hoffnungslos, Junge, sagte Tante Penelope. Na ja, dann lassen wir's eben dabei. Du machst ja sowieso, was du willst. Sie haben ihre Religionen.

Auf einem kleinen Planeten

Ich erzählte meinem Onkel und meiner Tante nicht von jedem meiner Besuche in Aalam-104729. Oder von allem, was ich dort sah. Einmal schwebte ich unsichtbar über einer Stadt auf einem Hügel. Der Planet war der kleinste von einem ganzen Dutzend, die um einen einzelnen Stern kreisten.

Es war eine stille Welt. Die Ozeane und der Wind machten kaum ein Geräusch. Die Bewohner flüsterten nur miteinander. Ich schwebte über der Stadt und schaute auf die Straßen und die Bewohner herunter. Die Kanten der Gebäude rosteten in der Luft, aus unterirdischen Kanälen stiegen Dampfwolken auf. Unter den Massen, die sich hin und her bewegten, wie das in Städten üblich ist, entdeckte ich zwei Männer, die auf einem überfüllten Gehweg aneinander vorbeigingen. Sie waren einander vollkommen fremd. Unter den acht Millionen Bewohnern der Stadt waren die beiden sich nie begegnet, waren nie gemeinsam am selben Ort gewesen. Kein ungewöhnliches Ereignis in einer so großen Stadt. Aber als diese beiden Fremden aneinander vorbeigingen, grüßten sie sich. Nur ein einfacher Gruß.

Eine Bemerkung über die Sonne am Himmel. Der eine sagte noch etwas anderes, sie tauschten ein Lächeln, dann war der Augenblick vorbei. Was für ein außerordentliches Ereignis! Außer mir bemerkte es niemand. Was für ein außerordentliches Ereignis! Zwei Männer, die sich nie zuvor gesehen hatten und wahrscheinlich nie wieder treffen würden. Aber ihr Ernst, ihre Anmut, ihre Bereitschaft, im flüchtigen Leben eine Sekunde zu teilen, waren großartig. Es war, als hätten sie ein Geheimnis geteilt. War das so etwas wie Liebe? Ich wollte ihnen folgen, sie berühren und ihnen von meinem Glück erzählen. »Das ist es«, wollte ich ihnen zuflüstern. »Das ist es.«

Zu unserem Vergnügen

Es gab so viel Neues. Es gab so viel Schönes. Aber auch Verstörendes.

»Sagen Sie, was ist die Bedeutung dieser Geschöpfe«, fragte ich Belhor. »Was, würden Sie sagen, bedeutet ihr Leben?«

Belhor lachte. »Was für eine Bedeutung sollen sie haben? Sie amüsieren mich. Das ist ihre Bedeutung. Aber eine Bedeutung an und für sich? Das hieße, diese kleinen Geschöpfe zu überfordern. Sie sind sterblich und wissen nichts von der Ewigkeit, was sollen ihre kleinen Leben für eine Bedeutung haben? Sie haben insofern Bedeutung, als sie uns hier im Nichts amüsieren und unsere Kenntnis darüber erweitern, was möglich ist und was nicht. Aber eine darüber hinausgehende Bedeutung? Nein. Was für eine Bedeutung sollten sie haben?«

»Ich spreche gar nicht von großer Bedeutung«, sagte ich. »Ich meine die individuelle Bedeutung. Glauben Sie nicht auch, dass jedes einzelne Leben seine individuelle Bedeutung hat? Oder zumindest eine Bedeutung, die das Individuum selbst darin sieht? Kann nicht jedes einzelne Geschöpf einen Sinn für sein Leben finden?«

»Na, wenn schon«, sagte Belhor und starrte scheinbar gelangweilt auf die kreiselnden Sphären, die durch das Nichts flogen. Ab und zu griff er sich eine, drehte sie in den Händen, quetschte daran herum und ließ sie dann wieder los. »Es gibt Billionen von ›Individuen‹, wie Sie das nennen. Sie kommen und gehen. Wie soll so ein einzelnes sterbliches Leben irgendeine Bedeutung haben? Und selbst wenn so eine kleine Ameise *denkt*, ihr Leben hätte einen Sinn, ist das doch nur eine Illusion. Es ist lediglich eine Empfindung, ein Überschuss an elektrischer Energie in diesen kleinen Gehirnen. Was soll das für uns für eine Bedeutung haben?«

»Aber mit Sicherheit hat es doch eine Bedeutung für *sie*«, sagte ich. »Jedes einzelne Individuum sucht so verzweifelt nach einem Sinn. Dabei kommt es eigentlich gar nicht darauf an, welchen Sinn es im Einzelnen findet. Solange jedes Individuum nur *irgendetwas* findet, was den Wirren seiner Existenz einen Zusammenhang und Harmonie geben kann. Vielleicht geht es oft nur um die Erkenntnis und Nutzung der eigenen Möglichkeiten. Abgesehen davon: Auch wenn sie sterblich sind, gehören diese Geschöpfe doch zum großen Ganzen. Sie sind Teil von Dingen, die größer sind als ihr Universum, ob sie es wissen oder nicht. Sind Sie nicht dieser Ansicht?«

»Bei allem Respekt«, sagte Belhor, »manchmal kann ich Ihnen nicht folgen. Warum beschäftigen Sie sich nur mit solchen Gedanken? Wie kommen Sie auf die

Idee, dass diese krabbelnden Wesen irgendeine Bedeutung haben? Sollen sie sich doch einbilden, sie hätten eine. Von mir aus Hunderte von Bedeutungen. Von mir aus können sie glauben, der Kosmos sei ein gigantischer Fisch, der im Maul von einem anderen Fisch rumschwimmt. Was macht das für einen Unterschied?«

Und immer wieder die Zeit

Die Zeit ist wie immer der Zauberer. Jetzt begreife ich, die Zeit ist meine außerordentlichste Erfindung. In manchen Momenten so langsam wie der Saft, der aus einem Baum tropft. In anderen so schnell wie das Flügelschwirren eines Kolibris. Ich mache kleine Ausflüge ins Nichts, und wenn ich zurückkehre, sind im Universum Äonen vergangen. Während eines kleinen Gesprächs mit meinem Onkel und meiner Tante blühen ganze Kulturen auf und vergehen. Andererseits kann ich ein Ereignis in meinem Universum in immer kleinere Handlungseinheiten zerlegen, bis eine Handbewegung, ein Atemzug, ein Sinnesreiz oder die Bewegung eines Moleküls einen Zeitraum beanspruchen. Äonen vergehen in Momenten, und Momente dehnen sich zu Äonen.

Bringt die Zeit Ereignisse hervor? Oder bringen die Ereignisse die Zeit hervor?

Nicht dass die Zeit nicht genau wäre. Mit der Wasserstoffuhr kann man Ereignisse ganz genau kartografieren. Man kann jedem Ereignis eine Zahl, eine genaue Position im Zeitablauf zuordnen. Aber was weiß man dann?

Mein Onkel hatte recht. Man weiß sehr wenig. Man kennt die Ursachen der Ereignisse nicht. Man weiß nicht, wie die Ereignisse sich miteinander verbinden, um neue Ereignisse zu erzeugen. Man weiß nicht, wie gelebte Leben sich am Ende übereinanderstapeln, ob sie Taten und Veränderungen hervorrufen oder nur lange Phasen der Untätigkeit und Leere bilden. Und die rein zeitlichen Daten sagen einem auch nicht, welche Ereignisse einem Leben Freude oder Trauer, Glück oder Bedauern gebracht haben. Oder einfach nur Langeweile.

Aber die Bewegungen der Elektronen in Wasserstoffatomen, die Emission von Photonen im Gleichschritt wissen diese Dinge auch nicht. In einer unendlichen Stufenfolge der Zeit markieren sie lediglich einen Tick nach dem anderen, ohne auch nur das Geringste zu wissen. Sie kennen weder die Bewegung der Gletscher noch den Herzschlag, Gewinn und Verlust oder individuelle Gedanken. Vom Verstehen erst gar nicht zu reden.

Selbst ich in meiner Allmacht kann nicht alles erklären. Die unendliche Abfolge der zeitlich so säuberlich fixierten Ereignisse erklärt eigentlich gar nichts. Es gibt Dinge, die trotzen jeder Erklärung: Irrationalitäten, sonderbare zeitliche Konstellationen. Zum Beispiel: Das Leben der jungen Frau, die Fleisch für ihre Familie gestohlen hat, verstehe ich immer noch nicht. Ich habe vollständige Kenntnis all ihrer Gedanken und Handlungen. Aber das Zusammenspiel der Bewegungen, die Gründe für jedes Ereignis verstehe ich nicht.

Welche zufällig waren und welche nicht, ich weiß es nicht. Ich weiß noch nicht, welche ihrer Entscheidungen die jeweils *beste* gewesen wäre. Dazu braucht man die Zukunft, und die existiert nicht.

Hätte sie ihrer Mutter den Gehorsam verweigern und das Risiko eingehen sollen, dass ihre Familie verhungert, um das Prinzip des *korrekten* Verhaltens zu wahren? Oder hätte sie das tun sollen, was sie getan hat – ihre Prinzipien und Überzeugungen verraten, um einem anderen Prinzip zu folgen: dem der Loyalität gegenüber Mutter und Familie? In jedem Falle wird sie sich schuldig fühlen. Nicht alles ist logisch.

Vielleicht ist auch nicht alles begreifbar. Was heißt Begreifen denn überhaupt? Man kann sagen, dass ein bestimmtes Ereignis vor einem anderen erfolgt ist. Man kann sagen, ein System hat eine bestimmte Ordnung, die eine notwendige Folge einer früheren Ordnung ist. Vermittelt einem eine solche Erkenntnis auch Verständnis? Könnte man Ereignisse in der Zeit anders anordnen, könnte man Vergangenheit und Zukunft austauschen, sodass wir die Folgen von Handlungen kennen würden, ehe sie stattfinden, würden wir sie dann verstehen? Ereignisse – und die Zeit, die sie erzeugt oder von ihnen erzeugt wird – lassen sich nicht eingrenzen. Sie quellen über, rutschen weg und trotzen allen Versuchen, sie zu erklären. Daran ändern auch Allmacht und absolute Gewalt nichts. Das habe ich in dem neuen Universum gelernt.

Und damit bin ich auf unbestimmte Zeit fertig mit dem Nachdenken über die Zeit. Ob vor oder nach etwas anderem (oder beides) – fürs Erste bin ich damit fertig. Das Nichts und das neue Universum, die einmal so klar voneinander getrennt waren, sind jetzt Teil desselben Zeitgeflechts. Äonen und Momente. Sterblichkeit und Unsterblichkeit. Das, was lebt und dahinscheidet, und das, was für immer fortlebt. Ist das nicht alles miteinander verbunden? Existenz und Nichtexistenz? Zumindest jetzt ist alles miteinander verbunden. Ich bin alles, was ist, und alles, was nicht ist.

Ich muss zugeben, die Trauer, die Onkel Deva, Tante Penelope und ich wegen des Leidens in meinem Universum empfanden, wurde durch die offensichtliche Lebensfreude vieler Geschöpfe mehr als aufgewogen. Während unserer Besuche in Aalam-104729 wurden wir mehrfach Zeugen fröhlicher Feste, bei denen Geburten, Hochzeiten und andere Verbindungen, Naturereignisse wie die Sonnwende, Sonnenfinsternisse oder Polarlicht, symbiotische Vereinigungen, ja, sogar Todesfälle gefeiert wurden. Die beiden Fremden, die ich in der Stadt gesehen hatte. Trotz ihrer kurzen Lebensspanne schienen viele Geschöpfe glücklich darüber, jeden Morgen aufzuwachen, zu atmen und reden zu können.

Nirgends wird die Lebensfreude so sichtbar wie in der Musik. In einem Sonnensystem nach dem anderen haben intelligente Lebewesen eine Fülle von Tönen geschaffen, die ihr Hochgefühl darüber ausdrücken, am Leben zu sein. Deshalb gibt es Walzer und Scherzos, Apalas und Calgias, Symphonien, Madrigale, Fanbeis, Sonaten und Fugen, Bhanjans und Drupads, Tnagrs und Falladias. Die Musik tanzt, gleitet und schwebt. Nicht dass sie immer melodisch und weich wäre. Aber selbst die Störgeräusche und Dissonanzen sind voller Begeisterung, Lebensfreude, Ekstase.

Seit einiger Zeit bewundere ich schon die Melodien, die im Inneren von Aalam-104729 erdacht worden sind, manche summe ich sogar vor mich hin, wenn ich im Nichts spazieren gehe. Bei Onkel Deva und Tante Penelope ist es dasselbe. Wir singen unsere Lieblingslieder noch Billionen Ticks der Atomuhr, nachdem der Komponist gestorben, seine Zivilisation versunken oder das Zentralgestirn seines Planeten verbrannt ist und nur noch als Schlackehaufen durchs All treibt.

Vor der neuen Musik wanderte jeder von uns oft allein durch das Nichts. Wir suchten uns leere Wege oder einsame Plätze zum Grübeln, wo wir durch große Mengen von Nichts voneinander abgeschirmt und getrennt waren, als lebten wir im Meer auf verschiedenen Inseln. Außer Sicht, außer Hörweite, aus dem Sinn. Wir brauchten unsere Rückzugsgebiete. Aber wenn ich jetzt aufbreche, um in Ruhe zu meditieren, höre ich ständig meinen Onkel oder meine Tante, die irgendwo laut ein Lied aus dem neuen Universum vor sich hin summen.

Kannst du deine Singerei bitte für dich behalten?, brüllt Tante P. hinter meinem Onkel her. Ich war gerade dabei, einen netten Spaziergang zu machen.

Du musst gerade reden, ruft Onkel D. aus großer Entfernung zurück. Dieses grässliche Lied, das du vor dich hin trällerst, habe ich jetzt schon seit Äonen im Ohr und kann mich selbst nicht mehr denken hören.

Ach, wirklich?, schreit Tante Penelope. Denkst du jetzt oder singst du?

Wenn mein Onkel und meine Tante richtig wütend aufeinander sind, summen sie die grässlichsten Lieder des Universums, die sie aus den verschiedenen Epochen und Galaxien sorgfältig ausgewählt haben, so laut wie möglich.

Deine Stimme klingt wie ein Aasfresser auf dem Meeresgrund mit dicken, hornigen Schuppen, schreit Onkel Deva.

Und deine wie ein fauliger Haufen Kamelscheiße, ruft meine Tante zurück.

Ha, ha, ha, täuscht mein Onkel ein falsches Lachen vor. Du kannst Töne und Gerüche genauso wenig unterscheiden, wie ein Felsen auf einen Baum klettern kann.

Dumm, dumm, dumm, schreit Tante Penelope. Ich bin mit jemandem verheiratet, der einen bernsteinfarbenen Sonnenuntergang als Gehirn hat.

Wir alle haben uns angewöhnt, Metaphern aus dem neuen Universum zu benutzen. Davor hatten wir ja nur das Nichts. Und so wahnsinnig viele Dinge gibt es nicht, die man damit vergleichen kann.

Ein Kleid für Tante Penelope

Es gab noch andere Dinge, die wir als Bewohner des Nichts aus dem neuen Universum übernahmen. Zum Beispiel Geburtstage. Wir finden Geburtstage herrlich. Tante P. und Onkel D. haben gleich angefangen, Geburtstagspartys für sich zu planen, obwohl es ein bisschen problematisch war, das richtige Datum und die angemessenen zeitlichen Intervalle zu wählen. Nach einem unserer Ausflüge in das neue Universum erklärte Tante P. plötzlich, sie würde nach ihrem nächsten Schlaf ihren Geburtstag feiern und sie erwarte Geschenke.

Und irgendwelche Geschenke aus dem Nichts, die aus nichts gemacht sind, könnt ihr euch sparen, sagte sie gleich dazu. Nichts habe ich schon genug. Ich will etwas *Materielles*. Versteht ihr, was ich meine?

Eine Geburtstagsparty ist eine großartige Idee, sagte Onkel D. Aber wegen der Geschenke, da weiß ich nicht, ob …

Kein Wenn und Aber, sagte Tante Penelope. Ich mache jetzt meinen Schönheitsschlaf, und wenn ich aufwache, will ich Geschenke. Einen Haufen Geschenke!

Ihr habt ein ganzes Universum voll *Zeug*. Da könnt ihr mir was raussuchen. Und ich will etwas Rosafarbenes. Tante P. gähnte und zog sich zurück.

Eine schwierige Partnerin, raunte mein Onkel mir zu. Aber was soll man machen?

Also ging ich mit ihm in das Universum, wir suchten eine brandneue Galaxie voller rosafarbener Sterne heraus und brachten sie ins Nichts zurück. Im Nichts war das Material praktisch schwerelos. Es schimmerte und glänzte und war beinahe durchsichtig. Mit ein paar Falten und Rüschen machten wir ein schönes Kleid für meine Tante daraus, wie sie es sich schon lange gewünscht hatte. Mein Onkel nannte das Kleid Kalyana. Darüber, dass die Dinge ihrem Wesen nach nicht zusammengehörten, sagte er nichts, denn er hatte selbst ein paar materielle Dinge im Sinn, die er sich zu *seinem* Geburtstag wünschte. Der, wie er mir mitteilte, ebenfalls kurz bevorstand.

Ach, wie schön, rief Tante Penelope, als sie aufwachte und das Kleid an einem Vorsprung im Nichts hängen sah. Ihr hättet euch wirklich nicht so viel Mühe machen sollen. Dann zog sie ihr Kleid eilig an und betrachtete sich eine Zeit lang. Sie drehte sich hierhin und dahin, juchzte noch einmal und fing an, herumzuspringen und laut zu singen. Obwohl die meisten Sterne rosa waren, gab es auch blaue, gelbe und grüne. Es war ein Kleid mit vielen Farben. Wenn sie es trug, war Tante Penelope das schönste Objekt im Nichts. Jedes Mal, wenn sie herumwirbelte, lösten sich ein paar Sterne und segelten in der Gegend herum. Dann ging mein Onkel hin, sammelte sie auf und steckte sie wieder fest.

Mehrere Äonen lang zog meine Tante das Kleid nicht mehr aus. Auch nicht, wenn sie schlief. Es hielt ungefähr 10^{33} atomare Ticks lang. Danach waren die meisten Sterne explodiert oder ausgebrannt, und das Kleid verlor seine Farbe und Form.

Belhor & Co gehen in die Oper

Onkel Deva, Tante Penelope und ich waren nicht die Einzigen, die Ausflüge in mein Universum machten. Schon seit einiger Zeit hatten Belhor und seine beiden Assistenten das auch getan, ohne meine Genehmigung. Und während er mich so dringend gebeten hatte, in die Angelegenheiten der Sterblichen nicht einzugreifen, hatte er selbst sich sehr wohl gelegentlich eingemischt.

Bei seinem ersten Ausflug ins Innere von Aalam-104729 war Belhor in einem Opernhaus gelandet, auf einem Planeten, der fast völlig mit Wasser bedeckt war. Das intelligente Leben dort hatte große, schwimmende Städte gebaut, und das Opernhaus befand sich in der größten dieser Städte. Belhor und die beiden Baphomets erschienen mitten in einer Vorstellung. In der Dunkelheit nahmen sie drei freie Plätze in der ersten Reihe ein. Um möglichst wenig aufzufallen, hatten die drei sich als ortsansässige Besucher verkleidet. Der hochgewachsene, elegante Belhor trug einen schwarzen Frack, ein gestärktes weißes Hemd mit Manschettenknöpfen aus Platin, einen schwarzen Querbinder und glänzende schwarze Lackschuhe. Der Größere Baphomet trug ein braunes Jackett, das einige Nummern zu klein war, sodass die Knöpfe fast abzuspringen drohten. Dazu noch ein zerknittertes grünes Hemd, eine gepunktete Krawatte und Sandalen. Der Kleinere Baphomet trug einen Pyjama und Hausschuhe, hatte sich aber die Mühe gemacht, einen Schlips umzubinden, der schief an seinem dicken Hals hing.

»Der Mezzosopran ist nicht richtig gestimmt«, sagte der Größere Baphomet nach einer Weile. »Und wie sie aussieht, gefällt mir auch nicht.« Das Vieh blätterte laut in seinem Programmheft, bis es die Biografie der Sängerin fand. »Nö, die taugt wirklich nichts.«

»Ihr Anblick gefällt uns überhaupt nicht«, sagte der Kleinere Baphomet, der ebenfalls im Programm herumblätterte.

»Ruhe«, sagte eine Besucherin direkt hinter ihnen. Sie trug Juwelen im Haar und ein Abendkleid. Sie roch nach einem sehr unnatürlichen Parfüm.

Der Größere Baphomet drehte sich auf seinem Sessel herum und grinste sie an. »Sie haben gewiss nicht mit mir geredet, Madam«, sagte das Vieh mit lauter Stimme und rollte die Augen – eins im Uhrzeigersinn und das andere in Gegenrichtung. Woraufhin die Frau erschrocken nach Luft rang, von ihrem Sitz aufsprang und eilig die Oper verließ.

»Benehmt euch!«, flüsterte Belhor. »Wir sind hier in der Öffentlichkeit. Wir sind nur Beobachter.«

»Aber der Mezzosopran hat eine scheußliche Stimme«, beschwerte sich Baphomet der Größere.

»Wir sollten mit dem Direktor reden und unser Geld zurückverlangen.«

»Ja, wir haben Schadensersatz verdient«, sagte der Kleinere Baphomet.

»Ruhe«, knurrte der Größere Baphomet.

»Seid beide still!«, zischte Belhor.

Das Opernhaus schwankte unmerklich auf und ab, wie alle Gebäude der schwimmenden Stadt, und die Kronleuchter pendelten sacht hin und her.

»Ich bin sauer auf diesen Mezzosopran«, bellte der Größere Baphomet, und plötzlich entdeckte die Sängerin, die gerade mit ausgestreckten Armen eine leidenschaftliche Arie sang, dass sich an ihrem Kleid eine Spange geöffnet hatte. Das Oberteil sank ihr auf die Taille herunter.

Ein paar Sekunden lang blieb das Publikum still. Dann rief jemand vom zweiten Balkon eine schlüpfrige Bemerkung herunter, jemand anderes klatschte, und die Sängerin rannte mit rotem Kopf von der Bühne.

»Baphomet!«, sagte Belhor mit strenger Miene. »Jetzt hast du mich wirklich enttäuscht.«

»Aber sie hatte wirklich eine unerträgliche Stimme«, sagte der Größere Baphomet.

Eine junge Frau erschien auf der Bühne und erklärte unter Entschuldigungen, es gebe jetzt eine kurze Pause. Das Licht ging an. »Ich hoffe bloß, es gibt was Ordentliches zu essen«, sagte der Größere Baphomet.

»Ich sterbe vor Hunger«, sagte der Kleinere Baphomet.

Ein Herr in grauem Anzug näherte sich Belhor und tippte ihm auf die Schulter. »Der Direktor würde gern mit Ihnen reden, Sir. Würden Sie mir bitte in sein Büro folgen?«

»Ich würde auch gern mit dem Direktor reden«, sagte der Größere Baphomet. »Wir wollen eine Rückerstattung. Dieser Mezzosopran war abscheulich.«

»Worum geht es denn?«, fragte Belhor den Graugekleideten höflich.

»Bitte kommen Sie«, sagte der Mann und starrte den Kleineren Baphomet an, der jetzt im vollen Glanz seines gestreiften Pyjamas erstrahlte. »Und bringen Sie Ihre Freunde gleich mit.«

Die drei Fremden folgten dem Mann durch den Saal, vorbei an Scharen von Opernbesuchern bis zu einer kleinen Tür im Foyer und eine Treppe hinauf zum Büro des Direktors im Mezzanin. Der Raum war üppig ausgestattet mit Platin und Möbeln aus Glas und Kristall. An den Wänden hingen Bilder des Direktors mit Opernstars und diversen Honoratioren.

Der Direktor selbst sah aus wie eine zu reife Birne: weich und schon etwas angefault. Sein Schnurrbart hing schlapp herunter, aber dafür trug er große grüne Ringe an beiden Händen. Einen Moment lang musterte er die beiden Baphomets, erst den einen, dann den anderen. Schließlich wandte er sich an Belhor. »Haben Sie Ihre Eintrittskarten dabei?«

Belhor zog die Eintrittskarten heraus. Der Direktor untersuchte sie sorgfältig, als suchte er nach einem Fehler. Schließlich sagte er: »Ich muss Sie ersuchen, sich während der Vorstellung nicht zu unterhalten. Sie haben die anderen Besucher gestört.«

»Natürlich«, sagte Belhor. »Ich bitte sehr um Entschuldigung. Wir haben uns … von der Aufführung hinreißen lassen.«

»Ich habe Sie noch nie bei uns gesehen«, sagte der Direktor. »Sind Sie zum ersten Mal da?«

»*Sie* habe ich auch noch nie gesehen«, sagte Belhor. »Sind Sie schon lange Direktor hier?«

»Wenn Sie regelmäßige Besucher wären«, sagte der Direktor mit süffisantem Lächeln, »wüssten Sie die Antwort auf diese Frage.« Er warf erneut einen Blick auf den Kleineren Baphomet und vermochte seine Missbilligung nicht zu verbergen. »Darf ich nach Ihrem Namen fragen?«

»Darf ich nach *Ihrem* Namen fragen, lieber Mann?«, mischte sich der Größere Baphomet ein. »Sie scheinen recht gut zu verdienen.«

»Sogar sehr gut«, sagte der Kleinere Baphomet und glotzte die Glas- und Kristallmöbel an.

»Ihre Kleidung ist nicht ganz angemessen«, sagte der Direktor. »Unsere Saaldiener hätten Sie gar nicht hereinlassen dürfen.« Der Kleinere Baphomet begann, falsche Tränen zu weinen. »Das ist einer der vornehmsten Veranstaltungsorte in unserer Stadt«, fuhr der Direktor fort. »Unsere Besucher erwarten ein bisschen Stil, und den haben sie auch verdient. Mitglieder der königlichen Familie besuchen unser Theater. Wichtige Leute. Wollen Sie sich über uns lustig machen?« An dieser Stelle nahm der Größere Baphomet den Kleineren in den Arm, als müsste er ihn trösten. Der Direktor wandte sich an Belhor: »Ihre Freunde sollten mehr Respekt zeigen.«

»Sie beleidigen uns«, sagte der Größere Baphomet. »Ich werde nicht gern beleidigt.«

»Nein, das mögen wir gar nicht«, schniefte der Kleinere Baphomet.

Der Direktor lächelte. »Sie täuschen vor, etwas anderes zu sein, als Sie sind«, sagte er, »und spotten über Dinge, die Sie nicht genießen können.«

»Ach herrje, Sie haben recht«, sagte der Größere Baphomet grinsend und machte einen fabelhaften Überschlag rückwärts. »Sie haben uns erwischt.«

»Ich möchte, dass Sie alle drei aus meinem Theater verschwinden«, sagte der Direktor. »Und zwar sofort. Bitte nehmen Sie nicht die Haupttreppe. Mr. Thadr führt Sie zum Hinterausgang.«

»Sie behandeln meine Freunde sehr unhöflich«, sagte Belhor. »Es gefällt mir nicht, wie Sie mit ihnen reden.«

Der Direktor lachte. »Schaffen Sie die drei raus auf die Straße«, sagte er zu Mr. Thadr. »Und dann bringen Sie mir einen Raumspray.«

Plötzlich platzte eine ältere Frau in das Büro des Direktors. Sie keuchte und schien sehr aufgeregt. »Es tut mir leid, Sie stören zu müssen, Mr. Lzehr. Ich weiß nicht … Ich weiß nicht, was geschehen ist. Ich hatte das Geld in der Kassette, wie immer. Und dann war es plötzlich weg … Eben war es noch da, und dann war es weg. Die ganze Abendkasse. Eben war es noch da, dann war es weg. Ich weiß nicht, was passiert ist.«

»Was für eine Schande«, sagte der Größere Baphomet. »Mein aufrichtiges Beileid.«

»Unser aufrichtigstes Beileid«, sagte der Kleinere Baphomet.

»Wir gehen jetzt«, sagte Belhor. »Bitte, Mr. Thadr.«

Im nachfolgenden Durcheinander, in dem Kassierer und Saaldiener wild durcheinanderliefen, hätte der Direktor beinahe die Meldung überhört, dass ein Wasserrohr geplatzt war und das Foyer überschwemmt wurde.

Planet Geist

Während die Äonen vergingen, stiegen die Kulturen von Aalam-104729 zu immer größerer Vollendung auf, ehe sie unweigerlich abstarben und von neuen Kulturen verdrängt wurden. Immer wieder war ich erstaunt, wenn ich sah, was die intelligenten Geschöpfe alles erfunden hatten. Sie bauten Maschinen, die fliegen konnten. Sie bauten Maschinen, die jede mechanische Arbeit verrichten konnten. Sie bauten Geräte, mit denen sie akustische Frequenzen auffangen konnten, die ihre Ohren nicht hörten. Geräte, die Licht sichtbar machen konnten, das ihre Augen nicht sahen. Geräte, die Moleküle riechen konnten, die ihre eigenen olfaktorischen Organe nicht wahrnahmen. Sie erfanden siliziumbasierte elektromagnetische Kommunikationsgeräte, die es ihnen erlaubten, sich über große Entfernung hinweg sehen und miteinander sprechen zu können. Sie stellten künstliche Gliedmaßen und innere Organe her, sodass sie schadhafte Teile ihrer eigenen Körper ersetzen konnten. In einigen Zivilisationen gelang es den Lebewesen sogar, ihren eigenen Alterungsprozess praktisch aufzuheben, sodass sie lange Reisen zwischen den Sonnensystemen unternehmen und sich nach ihrer Ankunft wieder verjüngen konnten. Auf anderen Planeten lernten die Geschöpfe, wie man die Reproduktions- und Kontrollmoleküle modifizieren konnte, sodass sie neue Lebensformen erzeugten, die zuvor nicht existiert hatten. Manchmal infizierten und zerstörten diese künstlichen Organismen alle belebte Materie auf einem Planeten, aber in anderen Fällen konnten die neuen Lebensformen auch Krankheiten heilen, Energie erzeugen oder neue, teils belebte, teils unbelebte Maschinen herstellen. In manchen Welten entwickelten die Geschöpfe Methoden, um die in ihren Gehirnen gespeicherten Erinnerungen so zu verändern, dass sie Dinge erlebten, die de facto niemals stattgefunden hatten.

Die faszinierendste Erfindung – die auf einem besonders hoch entwickelten Planeten in einer ellipsoiden Galaxie gemacht wurde – war die Fähigkeit, den Geist vollständig von der Materie zu trennen. Nach Äonen des Leidens an Krankheiten und Verfallserscheinungen, die alle belebte Materie heimsuchen, hatten die Geschöpfe auf diesem Planeten eine Methode entwickelt, um die Informationen in ihren Gehirnzellen zu extrahieren und in elektromagnetische Hochfrequenzstrahlung umzuwandeln. Diese Wesen hatten keinerlei Körper mehr. Sie waren reine Energie. Die einzige materielle Substanz, die von den Individuen übrig blieb, war eine polierte Kugel, die gebraucht wurde, um die geistigen Strahlungen aufzubewahren.

Diese Geschöpfe mussten allerdings einen hohen Preis dafür zahlen, dass sie so codiert waren. Sie konnten sich nicht mehr von Ort zu Ort bewegen. Sie konnten keine Sinnesreize aus der Außenwelt mehr empfangen, außer den Signalen von anderen codierten Gehirnen. Sie konnten nicht mehr sehen, dass ihre Gedanken als Handlungen ausgeführt wurden. Dafür wurden sie auf andere Weise entschädigt. Wenn sie einmal codiert waren, empfanden sie nie wieder körperliche Schmerzen. Sie hatten niemals unbefriedigte körperliche Wünsche. Sie wurden nie hungrig. Sie wurden nie durstig. Und sie konnten sehr lange leben, denn sie verfielen nur durch den langsamen Abbau der elektromagnetischen Strahlung und den damit verbundenen graduellen Datenverlust. Aber dieser Schwund trat erst auf, wenn sie innerhalb der polierten Kugeln viele Billionen Mal hin und her geschickt worden war.

Diese körperlosen Geschöpfe lebten also in einer echten Innenwelt, einer reinen Welt der Gedanken, einer reinen Gehirnwelt. Berge, Meere, Gebäude konnte man sich zwar vorstellen, aber sie existierten nur als Abstraktionen, als kleinere Schwankungen der elektromagnetischen Felder. Sehen, hören, berühren und riechen konnten sie sich zwar noch vorstellen, aber sie existierten nur als Veränderung von Frequenzen und Amplituden von Energiewellen, die hin und her, hin und her, hin und her sprangen. Erstaunlicherweise waren dabei durchaus noch Gefühle zu spüren. Vor langer Zeit, als die Geschöpfe noch Körper besaßen, hatten sie gelernt, welche biochemischen Reaktionen und elektrischen Impulse in materiellen Gehirnen durch Angst und Wut, Freude, Liebe, Eifersucht und Hass ausgelöst wurden. Als der Inhalt ihrer Gehirnzellen analysiert und in die Schwingungen elektromagnetischer Wellen umgesetzt wurde, waren die Gefühle mit übertragen worden. Angst war eine gewisse Einstellung von Frequenzen und Amplituden. Liebe war eine andere. Eifersucht war noch eine andere. Die körperlosen Geschöpfe existierten ausschließlich als Energiewellen. Sie konnten all diese Gefühle erleben, wenn man Erleben als das Wiedererkennen bestimmter Muster vibrierender Energie definiert. Aber war diese Art des Erlebens so viel anders als die Gefühle von Wut, Hass, Liebe und Leidenschaft bei Geschöpfen, die einen Körper besaßen und ihre Erlebnisse als wiederholte Muster von chemischen Reaktionen und elektrisch geladenen Teilchen in ihren körperlichen Gehirnen empfanden?

Und diese körperlosen Geschöpfe konnten nicht nur Gefühle empfinden. Sie hatten auch Persönlichkeiten. Wenn ein Geschöpf in seiner ursprünglichen, körperlichen Form aufgeblasen und anmaßend gewesen war, dann war es das in seiner körperlosen, verschlüsselten Form ebenfalls. War ein Geschöpf in seiner körperlichen Form dagegen ängstlich und demütig, schmeichlerisch, vergnügt, unsicher oder temperamentvoll gewesen, dann war es das bei seiner Wiedergeburt als reine Energie ebenfalls. Wenn ein Geschöpf in körperlicher Form ein Maler, Musiker, Ingenieur oder Philosoph gewesen war, blieb es das auch in seiner verschlüsselten Form, denn diese Talente und intellektuellen Fähigkeiten sind ihrem Wesen nach Eigenschaften des Geistes. Ein Maler zum Beispiel konnte immer noch Gemälde erschaffen, auch wenn der Entwurf und die ästhetischen Komponenten, die Linien, Farben und Formen in Muster von Energie umgesetzt werden mussten.

Darüber hinaus konnten der Musiker oder Philosoph mit anderen körperlosen Geschöpfen auch persönliche Beziehungen unterhalten – Freundschaften, romantische Affären, Geschäftsbeziehungen. Dazu mussten nur Energiewellen von einer Sphäre zur anderen geschickt werden. Obwohl solche Beziehungen rein geistig waren, konnten sie den Betreffenden durchaus Befriedigung verschaffen. Wenn zwei Geschöpfe eine romantische Zuneigung entwickelten, konnten sie Freude und Lust, ja sogar eine Art sexueller Vereinigung teilen, was alles in den wunderbar subtilen Veränderungen ihrer elektromagnetischen Gehirne wahrnehmbar wurde.

Wenn man den Planeten besucht, erblickt man große Städte dieser Geschöpfe, aber anstelle von Häusern, Straßen, Lichtkuppeln oder Brücken sieht man lange Reihen kleiner Titankugeln, die sich über die Hügel und Täler hinziehen. In diesen Kugeln finden Liebesaffären, Diskussionen, wissenschaftliche Entdeckungen, schöpferische Prozesse aller Art, ja, sogar Kriege statt, aber von außen merkt man davon nichts. Von außen sieht man bloß diese reglosen, lautlosen Kugelreihen in ihrer gelassenen Abgeklärtheit. Aber ich, der ich alles gleichzeitig sehen kann, weiß, was da drin alles passiert. Und ich weiß auch, dass viele dieser körperlosen Geschöpfe sich nach den Körpern und der Körperlichkeit sehnen, die sie einmal gehabt haben. Sie quälen sich. Sie fürchten, dass die Außenwelt nur eine

Illusion sein könnte, weil ihre ganze Existenz in ihrer elektromagnetischen Innenwelt stattfindet. Und im nächsten Schritt fürchten sie, auch ihre elektromagnetische Welt könnte bloß eine Illusion sein. *Alles* könnte bloß eine Illusion sein. Denn wie sollen sie im Gefängnis ihrer kleinen Kugeln feststellen, ob überhaupt etwas existiert? Alles, was sie mit Sicherheit wissen, ist, dass sie denken. Aber gilt das in gewisser Weise nicht auch für Geschöpfe mit Körpern?

Gut und Böse

»Erweisen Sie mir doch bitte die Ehre, sich meine Wohnung anzusehen«, sagte Belhor zu mir, kurz nachdem Tante Penelopes Kleid fast verblasst war. »Ich denke, es ist Ihre Zeit wert.«

»Ich weiß, wo Sie wohnen«, erwiderte ich.

»Sie wissen es und wissen es nicht. Bitte, seien Sie mein Gast.« Wie immer wirkte Belhors Redeweise äußerst hypnotisch. Seine Flüsterstimme kam von überall gleichzeitig, wie ein Wind, der aus allen Richtungen weht. Dabei gab es ja im Nichts, wie ich schon zuvor gesagt habe, gar keinen Wind.

Um Belhors Behausung zu besuchen, reisten wir eine enorme Entfernung. Tatsächlich war die Entfernung unendlich. Aber es gibt viele Kategorien der Unendlichkeit, und nach Aleph-Null gelangten wir zu Aleph-Waw und dann zu Aleph-Omega und danach in Bereiche, die ich kaum je betrat. Auf eine Art und Weise, die schwer zu beschreiben ist, wurde das Nichts auf unserer Reise immer dichter und dichter. Das Nichts hat zwar keine Substanz oder Masse, aber die Schichten des Nichtvorhandenseins wurden immer dicker und komprimierter, sodass man das Gefühl hatte, sich durch ein immer dichteres Etwas zu bewegen – so wie Nebel oder Watte, um eine Metapher aus dem neuen Universum zu benutzen.

Auch die Musik des Nichts veränderte sich, je näher wir Belhors Reich kamen, immer deutlicher wurde sie nicht nur von meinen, sondern auch von seinen Gedanken geformt: dunkle Fugen, Nocturnes, melancholische Symphonien. Es war alles sehr schön, aber zugleich verstörend und traurig, so als sehnte sich das Nichts verzweifelt nach etwas. Außerdem schien es, als führte unsere Reise bergab, aber das war nur ein Gefühl, denn das Nichts hat kein Oben und Unten und erst recht keine Schwerkraft. Ich kann daher nur meinen Eindruck wiedergeben, dass es eine große Treppe hinunterging, weiter und weiter hinab in eine versunkene Tiefe. Milliarden und Abermilliarden von abfallenden Stufen. Selbst das Umgebungslicht des Nichts – das genauso wie das Nichts meinem Denken entspringt – wurde schwächer und schwächer. Unsere Reise vollzog sich in völligem Schweigen. Äonen vergingen.

Schließlich kamen wir zu einem großartigen schwimmenden Palast. Seine Mauern und Dächer bestanden zwar wie alles im Nichts nur aus Schichten von Leere, doch waren die so komprimiert, dass sie durchaus eine Stofflichkeit zu besitzen schienen. Zinnen und Brüstungen voller fremder Symbole stießen in alle Richtungen vor. Türme schimmerten in blassen Farben, durchscheinend, durchsichtig, dann wieder durchscheinend.

Durch große Bogenfenster sah man Innenhöfe, Balustraden, Lagerhallen, große Säle mit kunstvollen Kronleuchtern, Balkone, Wendeltreppen und elliptische Becken mit flüssigem Nichts. All diese Strukturen erhoben sich aus dem Nichts, vibrierten, flatterten einen Moment und lösten sich dann im umgebenden Vakuum wieder auf. Wenn sie wieder auftauchten, hatten sie eine andere Form oder befanden sich an einem anderen Ort. Mal erschien ein runder Turm über einer bestimmten Mauerkrone, im nächsten Moment schmolzen beide dahin, um dann als quadratischer Glockenturm wieder aufzutauchen. Jede architektonische Eigenart des Schlosses war flüchtig und vorläufig, aber dennoch war das Ganze von einer Dichte und Beständigkeit, wie ich sie sonst nicht kannte.

Eigentlich erwartete ich, dass uns Lakaien und Bedienstete am Tor erwarten würden. Als diese nicht auftauchten, erklärte mir Belhor, er lebe allein in seinem Schloss. Weder schien er unglücklich über seine einsiedlerische Existenz noch wirklich zufrieden – aber er war viel zu stolz, um sich etwas zu wünschen, was er nicht hatte. Es gebe lange Zeiträume, sagte er, in denen er sein Schloss überhaupt nicht verlasse. Die beiden Baphomets wohnten offenbar woanders. Belhor zeigte vage auf eine dämmrige Gegend hinter dem Schloss. »Das alles«, sagte er mit einer umfassenden Geste, »ist entstanden, als Sie die neuen Universen geschaffen haben. Und ich übrigens auch.«

»Ich habe Sie nicht bewusst geschaffen«, sagte ich. Jetzt, wo ich Belhors Behausung betreten hatte, fühlte ich ein Unbehagen, an das ich nicht gewohnt war. Fast fühlte ich mich verpflichtet, das zu tun, was er erwartete, oder ihm zumindest eine Sympathie zu zeigen, die meiner Urteilskraft widersprach. Er schien meinen Willen und meine Unabhängigkeit aufzusaugen. War ich sein Gast? Oder ein intellektueller Sparringpartner? Oder Zielscheibe seines gewaltigen Egos und seiner Anziehungskraft?

»Nein, Sie haben mich nicht bewusst gemacht«, sagte Belhor. »Aber Sie haben gewisse, sagen wir, *Möglichkeiten* geschaffen. Als Sie Zeit, Raum und Materie geschaffen haben, ist die *Möglichkeit* der belebten Materie entstanden. Und von da aus sind es nur noch ein paar logische Schritte bis zur Entstehung von neuen Geistern. Und zur Fähigkeit zu handeln, zum Guten oder zum Bösen.«

»Und wie könnte ich Sie wieder zerstören?«, fragte ich.

»Was für eine interessante Frage«, sagte Belhor. »Und so direkt. Aber ich glaube nicht, dass Sie mich zerstören wollen. Dann hätten Sie ja niemanden mehr von meiner Intelligenz, mit dem Sie plaudern könnten. Um Ihre Frage zu beantworten: Es ist nicht leicht, mich zu zerstören. Sie können mich nur zerstören, wenn Sie die Welten zerstören, die Sie geschaffen haben. Würden Sie das wirklich wollen? Das glaube ich nicht. Sie sind – und zwar zu Recht – stolz auf das, was Sie geschaffen haben.« Belhor zögerte und starrte mich an, wie er das in der Vergangenheit schon mehrfach getan hatte. »Aber warum sollen wir über Zerstörung reden, wenn es dank Ihnen so viel herrliche Schöpfung gibt.«

Während dieser Unterhaltung waren wir durch einen großen Saal nach dem anderen gegangen, und in jedem Saal hatte Belhor kurz angehalten, um den Schmuck an einem seiner vielen Throne zu ordnen. Die schimmernden Decken waren mit Bildern des Nichts geschmückt, die aus der Leere kamen, langsam verschwanden und wieder zurückkehrten.

»Ich möchte über Gut und Böse mit Ihnen reden«, sagte mein Gastgeber, als wir durch einen Innenhof gingen. Belaubte Ranken von Nichts hingen über blassgrünen Becken, flüssigen Bänken und Liegestühlen. Alles war makellos. Alles schimmerte am Rande der Unsichtbarkeit, verschwand und kehrte in neuen Formen zurück. »In unserem neuen Universum«, sagte Belhor, »gibt es Geschöpfe mit großer Intelligenz, die ganz bewusst Schaden anrichten und Leiden verursachen. Haben Sie solche Dinge nicht auch beobachtet?«

»Ja«, sagte ich. »Und es betrübt mich. Alles Leiden betrübt mich.«

»Ich bewundere Ihre Empathie«, sagte Belhor. »Aber ich möchte die Behauptung aufstellen, dass Bösartigkeit, Gier, Betrug und derlei zwar bedauerlich, aber auch *notwendig* sind.«

»Notwendig? Ich hätte diese hässlichen Dinge verhüten können. Ich hätte sie sogar verhüten sollen.« Plötzlich hatte ich das Gefühl, Belhor derartige Dinge vielleicht nicht sagen zu sollen. Er schien mein Entgegenkommen für Schwäche zu halten. Belhor war eine

Kreatur, die nur Macht und Stärke verstand. Trotzdem war er höchst interessant. Vor allem sein Geist.

»Bei allem Respekt«, sagte Belhor und bückte sich, um eine Fluse vom Mosaikboden aufzuheben. »Ich glaube nicht, dass Sie diese Dinge hätten verhüten können, nachdem Sie das Universum einmal geschaffen hatten. Diese angeblich ›hässlichen Dinge‹ sind ein zwingend notwendiger Teil des Daseins, ein unvermeidlicher Teil des Verhaltens.«

»Da kann ich nicht zustimmen«, sagte ich. »Ich kann mir durchaus Geschöpfe vorstellen, die gänzlich gut sind. Und wenn ich sie mir vorstellen kann, dann können sie auch existieren.«

»Und was genau meinen Sie mit ›gut‹?«, fragte Belhor.

»Dass man zum Beispiel Dinge tut, die anderen nutzen. Dass man ein Leben lebt, das der Schönheit gewidmet ist.«

»Ah«, sagte Belhor. »Dann sagen Sie mir doch bitte, woher Sie wissen, ob eine spezifische Handlung anderen tatsächlich *nutzt*? Und definieren Sie bitte ›Schönheit‹.«

»Sie wissen genau, was ich meine.«

»Ja«, sagte Belhor. »Aber gut und schön verstehe ich nur, weil ich ihr Gegenteil kenne. Ich kenne das Böse. Und ich verstehe das Hässliche. Ich behaupte, dass gut nur durch seinen Gegensatz zu böse definiert werden kann und Schönheit nur durch ihren Gegensatz zur Hässlichkeit. Diese Eigenschaften existieren nur als Gegensatzpaare. Das Gute kommt mit dem Bösen. Schönheit kommt mit Hässlichkeit – und so weiter. Es gibt nichts Absolutes im Universum, keine unitären Eigenschaften. Alle Eigenschaften sind an ihr Gegenteil gebunden. Kommen Sie, ich möchte Ihnen etwas zeigen.«

Ich folgte Belhor durch einen Korridor in eine große Arena, die von einer hohen, schimmernden Mauer umgeben war. Die Innenseite war mit einem wunderschönen, komplizierten Relief verziert. Bei näherem Hinsehen stellte ich fest, dass es aus Namen bestand, Milliarden und Abermilliarden von Namen. »Immer wenn ein Geschöpf im Universum stirbt, erscheint sein Name auf dieser Wand«, sagte Belhor.

Tatsächlich erschienen in den wenigen Augenblicken, die wir vor der Wand verbrachten, mit großer Geschwindigkeit neue Namen. Sie wucherten tausendmal schneller als Efeu und bedeckten immer größere Teile der Fläche.

»Hören Sie«, sagte Belhor. Man hörte ein leises Seufzen, das aus der Wand drang. Und leises Lachen. Allerdings war beides so undeutlich, dass man das eine nicht vom anderen unterscheiden konnte. Seufzen und Lachen, zahllose winzige Stimmen, die sich zusammendrängten und überlagerten, bis daraus ein einziges Geräusch entstand, ein großes, geflüstertes Rauschen des Daseins.

»Die aufgezeichneten Stimmen der Toten«, sagte Belhor. »Sie wurden aufgezeichnet, als sie noch lebten. So viele kleine Leben, jedes einzelne zu leise, um es zu verstehen. Wer auch würde jeder einzelnen Stimme zuhören wollen? Aber alle zusammen ergeben sie einen hörbaren Ton. Wie Sie gewiss schon festgestellt haben, heben die Leiden und Freuden sich insgesamt wieder auf. Was übrig bleibt, ist die geballte Masse, ein einziger, langer Atemzug.«

»Ich kenne viele von diesen Namen«, sagte ich.

»Sie verblüffen mich«, sagte Belhor.

»Ihre Wand der Toten ist faszinierend«, sagte ich. »Aber sie hat wenig mit unserer Diskussion zu tun.«

»Ich wollte aber, dass Sie diese Wand sehen. Wir hatten darüber gesprochen, ob es absolute Dinge im Universum gibt, und ich behaupte, dass es sie nicht gibt. Es gibt nur Bedingtheiten, das heißt, alles ist relativ. Sie selbst haben das so bestimmt. Haben Sie nicht festgelegt, dass es keinen Zustand absoluter Ruhe im Universum geben kann? War das nicht eins Ihrer Prinzipien?«

Ohne meine Irritation zu verbergen, warf ich Belhor einen Blick zu. »Ich habe an physikalische Prinzipien gedacht, nicht an Verhaltensregeln oder ästhetische Prinzipien. Das wissen Sie doch.«

Belhor lachte. »Haben Sie nicht eben noch behauptet, dass belebte und unbelebte Materie denselben Regeln und Prinzipien unterworfen sein sollten?«

»Ich verstehe Ihre Logik, ja«, sagte ich, und Belhor verbeugte sich. »Aber lassen Sie uns noch einen Moment darüber nachdenken«, fuhr ich fort. »Ich kann mich damit einverstanden erklären, dass Schönheit und Hässlichkeit relative Begriffe sind. Ein Geschöpf mit sechs Gliedmaßen kann auf seinem Heimatplaneten als große Schönheit gelten und auf einem Planeten, wo die Geschöpfe nur vier Gliedmaßen haben, als Monstrosität. Aber beim Verhalten liegen die Dinge doch anders, nicht wahr? Ein Geschöpf, das ein anderes umbringt, tut doch etwas absolut Böses, oder? Ich kann meine eigene Frage selbst beantworten. Wenn ein Geschöpf ein anderes tötet, um selbst überleben zu können, weil es zum Beispiel Nahrung braucht, dann ist das kein Vergehen. Aber was ist, wenn ein Geschöpf ein anderes tötet, ohne dass es um Nahrung geht? Müssen wir dann nicht sagen, dass diese Handlung absolut böse ist?«

»Wie sieht es im Krieg aus?«, fragte Belhor. »Nehmen wir einmal an, Ihr Geschöpf muss kämpfen, um seine Familie und Gemeinschaft zu verteidigen. Ist es unter diesen Umständen nicht erlaubt, ja, sogar ehrenhaft, Feinde zu töten?«

»Ja. Das ist dasselbe wie das Töten um des eigenen Überlebens willen.«

»Was ist, wenn man tötet, weil die eigene Ehre verletzt worden ist?«, fragte Belhor. »Oder aus Rache, wenn das eigene Kind ermordet worden ist? Wie viele weitere Ausnahmen brauchen Sie, ehe Sie zugeben, dass es kein absolutes Böses gibt? Gut und böse, schön und hässlich können nicht als absolute Größen bestimmt werden. Sie gelten immer nur in einem spezifischen Zusammenhang.«

»Vielleicht«, sagte ich, spürte aber zugleich, wie ein Sturm in mir tobte. Ich wollte raus aus dem Schloss, wollte durch die offene Leere des Nichts rennen. Ich brauchte unbedingt leere Räume.

»Wenn wir uns einig sind, dass es keinerlei absolute Größen gibt«, sagte Belhor, »dann habe ich auch mit der Aussage recht, dass es das Gute nur geben kann, wenn es auch das Böse gibt. Was in der einen Situation gut ist, wird in einer anderen Situation böse. Man fängt beim einen an und landet beim anderen.«

Die Wand der Toten hatten wir längst verlassen, vielleicht schon vor Äonen, und bewegten uns jetzt durch eine gewaltige, palastartige Halle. An den gegenüberliegenden Enden der Halle standen zwei einander zugewandte, prächtige Thronsessel. »So, jetzt sind wir endlich da«, sagte Belhor. »Der Triumphsaal.«

Zufrieden schaute er sich in der Halle um. Dann nahm er auf einem der Thronsessel Platz. »Wir beide sind mächtiger als alles andere, was es gibt, oder nicht? Setzen Sie sich auf den anderen Thron, mein Freund! Er wartet auf Sie. Nehmen Sie Platz.«

»Das kann ich nicht«, sagte ich.

»Ist es denn kein schöner Thron?«, fragte Belhor. »Finden Sie, dass er Ihrem Wert nicht entspricht?«

»Ich werde mich da nicht draufsetzen.«

Belhor lächelte und erhob sich. »Wie Sie wollen. Wenn Sie sich nicht auf den Thron setzen, tue ich das auch nicht.«

»Wir haben unsere Unterhaltung noch nicht beendet«, sagte ich. »Sie haben zwar einiges Richtiges gesagt, aber insgesamt stimme ich Ihrer Aussage nicht zu. Ich glaube nicht, dass Böses und Hässliches *notwendig* sind, wie Sie behaupten. Vielleicht sind all diese Kategorien nicht nötig, vielleicht können wir einfach darauf verzichten. Lassen wir doch das Universum einfach so, wie es ist, ohne irgendwelche Dinge gut oder böse, schön oder hässlich zu nennen.«

»Ein interessanter Standpunkt«, sagte Belhor.

»Manche Geschöpfe sind hingerissen, wenn sie Musik hören oder sehen, wie der Wind über ein Kornfeld streicht«, sagte ich. »Und viele sind befriedigt, wenn sie jemandem geholfen haben. Aber diese Gefühle existieren auch, wenn wir diese Dinge nicht *gut* oder *schön* nennen.«

»Ja«, sagte Belhor. »Das will ich Ihnen zugestehen. Aber es gibt auch Geschöpfe, die Spaß daran haben, anderen Schmerz zuzufügen. Und manche leben ihr kleines Leben nur für sich selbst. Manche werden schon in jungen Jahren verkrüppelt und verletzt. Man muss diese Dinge nicht Leiden nennen oder Boshaftigkeit und Egoismus. Aber sie existieren. Man muss wohl sagen, sie sind das, was ist.«

»Ich kann diese Handlungen nicht akzeptieren, auch wenn sie das sind, was ist«, sagte ich.

»Jetzt reden Sie von akzeptieren«, sagte Belhor. »Das ist aber eine ganz andere Fragestellung. Immer müssen wir mit Dingen leben, die wir nicht akzeptieren können, auch wenn wir allmächtig sind.«

»Man kann nicht alles verhindern«, sagte ich.

»Gut«, sagte Belhor. »Das ist eine klare Aussage. Es ist ein Vergnügen, mit jemandem zu sprechen, der intellektuell gleichwertig ist.«

»Ist das ein absolutes oder ein relatives Vergnügen?«

Belhor lachte, und das Schloss erzitterte unter seinem Gelächter. »Es interessiert mich sehr, was aus Ihrem Experiment Aalam-104729 werden wird. Wir müssen es unbedingt weiter beobachten.« Belhor zeigte auf die Wendeltreppe. »Kommen Sie, wir waren noch nicht auf den Türmen.«

Ein wenig passender Gefährte

Ich dachte. Ich habe gedacht. Ich denke. Ich werde denken.

Seit Äonen war es still und ruhig im Nichts. Tante Penelope und Onkel Deva schliefen. Es war fast so wie früher, bevor es die Zeit gab. Damals in der Ewigkeit, lange bevor es Raum und Zeit gab, fanden alle meine Gedanken gleichzeitig statt. Allerdings gab es nicht so viel, worüber man nachdenken musste.

Tante Penelope und Onkel Deva schliefen also, und ich dachte nach. Und während ich nachdachte, wurde die ewige Musik im Nichts immer leiser und langsamer wie der Atem eines großen Tieres beim Einschlafen. Der Abstand zwischen Ein- und Ausatmen wurde länger und länger, dauerte mittlerweile Äonen, bis alles nur noch ein leises Seufzen war.

Ich habe über Belhor nachgedacht. Er ist schon ein merkwürdiger Bursche. Sosehr ich manche Elemente seines Charakters verabscheue, er ist das interessanteste Wesen, dem ich bisher begegnet bin. Zu Beginn der Epoche der Schöpfung dachte ich, dass ich mich vielleicht mit einigen der intelligenteren Geschöpfe im neuen Universum unterhalten könnte. Ich höre ja auch ihre Stimmen. Aber sie können meine nicht hören. Sie können sehen, was ich getan habe, aber sie hören mich nicht. Ihre Intelligenz ist beschränkt. Ihr Verständnis ist beschränkt. Wie sollen sie das Unendliche ergründen? Oder die Unsterblichkeit verstehen? Oder das Nichts? Wie soll ein Geschöpf mit Substanz und Masse etwas begreifen, das keine Masse und keine Substanz hat? Wie soll ein Geschöpf, das mit Sicherheit sterben wird, Dinge verstehen können, die für immer bestehen werden? All diese Aspekte der sterblichen Existenz haben eine echte Kommunikation zwischen dem neuen Kosmos und mir verhindert.

Aber Belhor ist genauso wenig aus Fleisch und Materie wie ich. Ebenso wie ich bewegt er sich sowohl im materiellen Universum wie im Nichts, er kann nicht nur das Eine, sondern auch das Viele erleben. Belhor kann genauso wie ich ein Reich ohne Zeit und Raum bewohnen. Er ist genauso unsterblich wie ich. Ungeheuer intelligent ist er, manchmal sogar witzig. Er ist mein dunkler Schatten. Mein antipodischer Gefährte. Er ist die dünne schwarze Linie. Er ist die lockende Stimme in der Wand der Toten.

Ich werde warten und warten, bis die Zeit vergangen ist. Dann werde ich neue Zeit ausatmen. Aber man kann nicht alles verhindern. Das habe ich gelernt. Das Leiden und die Freude, man kann sie nicht eingrenzen, sie schwappen über. Genauso wie die Ereignisse und die Zeit. Das Irrationale lebt mit dem Rationalen zusammen. Noch etwas habe ich gelernt, und zwar über mich selbst: Ich kann Risiken eingehen. Ich kann handeln, auch mit Zweifeln.

Jetzt, wo ich hier für mich allein denke, gebe ich zu, dass »gut« und »böse« nicht leicht zu definieren sind. Ganz unabhängig von der Frage, ob sie beide *notwendig* sind, wie Belhor behauptet. Schreiben einem nicht die Umstände selbst vor, wie man handeln soll? Wie soll man denn wissen, wie man sich verhalten soll, ehe man die Umstände kennt? Natürlich hilft es, wenn man Prinzipien hat, an die man glaubt, aber auch die bestimmen nicht immer, was gut und was böse ist. Das Gute ist vielleicht etwas, das etwas heil macht und das Leben in Einklang mit seiner Umgebung bringt. Vielleicht schafft das Gute so wie die Musik eine Vollkommenheit des Daseins, während das Böse das Dasein spaltet, zerstört und zerbricht. Ich werde warten und warten, bis die Zeit abgelaufen ist. Und dann werde ich neue Zeit ausatmen. Aber alles kann man nicht kontrollieren. Selbst die Fragen bringt man nicht unter Kontrolle.

Das Nichts schläft jetzt beinahe. Ich sehe meine Tante und meinen Onkel schlafen. Immer kleiner werden sie, bis sie nur noch zwei hüpfende schwarze Punkte sind, die einen Walzer tanzen, der immer langsamer wird. Wie lange werden sie schlafen? Äonen. Und Belhor schläft in seinem Palast. Aber das neue Universum schläft nicht. Es entwickelt und entfaltet sich. Es baut sich auf und zerstört sich. Es summt und singt und dreht sich hinaus in die Zukunft.

Onkel Devas Traum

Onkel Deva ist aufgewacht. Ganz im Gegensatz zu sonst ist er voller Elan und Ideen, während Tante Penelope weiterschläft. Seit ihrer Geburtstagsparty schläft sie immer länger, und wenn sie wach ist, verbringt sie noch mehr Zeit damit, sich die Haare zu bürsten.

Ich hatte einen Traum, sagte Onkel Deva, während er sich reckte und gähnte. Es war kein sehr erholsamer Schlaf. Ich habe geträumt, ich machte eine lange Wanderung durch das Nichts und gelangte in Gegenden, in denen ich noch nie gewesen war, und dort stieß ich auf Tausende von Geschöpfen aus dem neuen Universum, die mich baten, ihnen ein zweites Leben zu schenken. Natürlich habe ich sie an dich verwiesen, mein Junge. Ich wusste nicht, was ich ihnen sonst hätte sagen sollen. Und du hast ihnen gesagt, sie sollten zurück ins Universum gehen und tot sein. Das hat ihnen gar nicht gefallen.

Ein unangenehmer Traum, sagte ich zu meinem Onkel. Ich verstehe, dass du deprimiert bist.

Ja. Der Traum hat mich ziemlich aufgeschreckt. Außerdem schnarcht deine Tante so laut, dass man denkt, man würde von Puja-Stacheln gestochen. Man kann nicht neben ihr schlafen.

Du brauchst dir keine Sorgen zu machen, sagte ich. Körperliche Lebensformen könnten das Universum niemals verlassen. Sie können nicht hier ins Nichts kommen.

Das verstehe ich, sagte Onkel D. Aber sie sahen so verlassen und unglücklich aus ... Sag mal, Junge, nachdem das Ding jetzt seit Zillionen Ticks läuft, ich weiß nicht, wie vielen, aber können wir den Geschöpfen nicht ein bisschen zweites Leben schenken? Wenigstens den intelligenten? Irgendetwas, das bleibt, wenn sie sterben? Ihr Leben vergeht so schnell.

Aber sie sind doch materiell, sagte ich. Es müsste schon etwas Immaterielles sein, und das wäre dann völlig anders als alles andere in Aalam-104729. Du hast doch selbst gesagt, die Dinge im neuen Universum haben ein anderes Wesen als die Dinge im Nichts. Es gehört zum Wesen der materiellen Dinge, dass sie vergehen.

Ich weiß, ich weiß, sagte Onkel Deva und seufzte. Aber es muss doch eine Möglichkeit geben. Vielleicht könnten sie ja im Augenblick des Todes ein bisschen vom Nichts *spüren*?

Manche von ihnen haben dieses Gefühl schon jetzt, sagte ich. Zumindest spüren sie ein Geheimnis. Sie spüren, dass es große Dinge gibt, von denen sie nichts wissen, obwohl sie eigentlich gar nicht wissen können, dass es sie gibt.

Das hast du früher schon erwähnt, sagte mein Onkel. Religion. Aber ein Geheimnis ist bloß rätselhaft. Ich möchte, dass sie etwas mehr haben als das.

In diesem Moment hörten wir Tante Penelope herumrascheln. Offenbar suchte sie ihre Hausschuhe und fing an zu rufen. Jetzt ist sie aufgewacht, sagte mein Onkel, aber das kann warten. Diese Gestalten aus meinem Traum verfolgen mich, Junge. Ich sehe sie immer noch. Ein sterbliches Leben reicht einfach nicht. Können wir nicht irgendwas für sie tun? Irgendwas, ohne deine kostbaren Gesetze der Körperlichkeit zu verletzen?

Mein Onkel streckte die Hand aus und griff nach Aalam-104729, das gerade vorbeisegelte. Obwohl es sich immer noch ausdehnte, wirkte das Universum nicht mehr ganz so geschwollen, sondern mehr so, als hätte es eine üppige Mahlzeit verdaut.

Da ist so viel drin, sagte mein Onkel. Und trotzdem kann ich es mühelos in einer Hand halten. Obwohl sich so viele Geschöpfe da drin nach mehr Leben sehnen, nach mehr.

Vielleicht können wir ihnen einen winzigen Blick auf das Nichts geben, sagte ich. Obwohl ich fürchte, dass es zu viel ist für ihre Gehirne.

Bitte, sagte mein Onkel. Versuch's mal. Ich wäre so froh, wenn wenigstens die intelligenteren Geschöpfe unter ihnen begreifen könnten, dass ihr Leben, so kurz es ist, auch Teil von etwas Unsterblichem ist.

Ja, sagte ich. Ich glaube, das lässt sich machen.

Im Augenblick des Todes, sagte mein Onkel. Selbst wenn der Eindruck überwältigend ist, ihr Leben wird es dann nicht mehr belasten.

Lass es uns mit der schuldbeladenen jungen Frau ausprobieren, die vor Äonen Fleisch für ihre Familie gestohlen hat, sagte ich. Ich werde die Zeit etwas raffen, damit wir noch mal in diese Ära zurückgehen können. Ich … ich habe immer schon etwas für sie tun wollen, und das ist zumindest mal etwas. Auch wenn es erst am Ende ihres Lebens kommt.

Danke, mein Junge. Wir werden doch nicht lange weg sein? Deine Tante wird so schnell ungeduldig.

Ich komprimierte meinen Onkel auf die Größe eines Punkts, und wir betraten das Universum. Gemeinsam glitten wir durch den Kosmos, durch große Spiralen und Sternhaufen, durch eine schimmernde Galaxie nach der anderen, bis wir zu einem bestimmten Planeten und einer bestimmten Gemeinde kamen.

Da ist sie, inzwischen dreiundachtzig örtliche Jahre alt. Sie liegt auf einem Porzellanbett in einer dämmerigen Kammer, umgeben von ihren Kindern und Enkelkindern. Der Duft der rituellen Brandapflanze erfüllt die Luft. Ihrer Gewohnheit nach liegt sie auf der rechten Seite, eins ihrer Augen ist mit einem Blatt zugedeckt. Ihr angestrengter Atem macht ein knatterndes Geräusch. Hörst du sie atmen?

Ja, sagte mein Onkel, der Zeitpunkt scheint bald gekommen. So ein Leben vergeht schnell.

Fünfundsechzig Jahre sind vergangen, seit sie in einem anderen Haus in einer anderen Gemeinde am Fenster gestanden und auf einen Hof mit kugelförmigen Steinen und einen Tadr-Vogel hinausgestarrt hat, der die Zisterne umkreist. Kurz nach diesem prägenden

Moment hat sie, verwirrt von ihren Schuldgefühlen, ihre Heimat verlassen und sich einer Gruppe reisender Kaufleute angeschlossen. Um sich zu bestrafen, hat sie sich mit einem Herumtreiber eingelassen und ein Kind geboren, das sie dann im Stich ließ. Bei jedem Mann, den sie traf, wünschte sie sich, er wäre ihr Vater. Im Lauf der Zeit erfasste sie tiefe Reue, und sie vergab ihrer Mutter und sich. Aber den Launen des Universums vergab sie nicht. Sie und ihr zweiter Ehemann hatten vier Kinder, die ihrerseits auch wieder Kinder hatten. Das Kind, das sie in ihrer Jugend im Stich ließ, hat sie niemals wiedergefunden, obwohl sie jahrelang nach ihm gesucht hat. Und das ist es, was sie jetzt, wo sie keuchend auf ihrer rechten Seite liegt und die Hand ihres Enkels hält, am meisten bedauert.

Hat sie außer Enttäuschung und Trauer auch Augenblicke der Freude in ihrem Leben gehabt?, fragte mein Onkel.

Ja.

Fünfundsechzig Jahre sind in einem Augenblick vergangen. In einem Augenblick ist ihr Leben verbraucht worden.

Sie kann nichts mehr hören. Obwohl eins ihrer Augen geöffnet ist, sieht sie nur neblige Schatten. Sie fühlt sich schwer, so als könnte sie sich aus ihrer liegenden Haltung nie wieder erheben. Ihr Mund ist sehr trocken. Sie kann die Zunge nicht mehr bewegen. Ihr Atem ist nur noch ein Hecheln, ein trockenes, durstiges Ein- und Ausatmen.

Der Augenblick nähert sich. Sie träumt.

Durch opalisierende Traumwolken sieht sie sich selbst wieder als kleines Mädchen. Jung und stark läuft ihr Vater über eine Wiese mit ihr. Er versucht, ihr etwas zu sagen, aber wenn er spricht, kann sie ihn nicht verstehen. Dann hält sie ihr erstes Kind in den Armen. Das Kind, das sie im Stich gelassen hat, das sie am meisten geliebt hat. Dann geht sie von Haus zu Haus und macht Prophezeiungen, hinter jeder Tür ein Gesicht, ein Zimmer, ein Tisch und fließendes Wasser.

Ich kann nicht glauben, dass es vorbei ist. Ich will es nicht sehen. Ich will es nicht hören. Es wird immer kleiner und kleiner. Wo ist meine Tochter Leita? Wo ist mein Sohn Mrand? Ich will ein zweites Leben. Ich will mehr Leben. Bitte. Du da. Wer bist du? Wo bin ich hier? Ist das der Ort, wohin ich gegangen bin?

Jetzt ist sie in meinem Traum angekommen, sagte Onkel Deva. Er fing an zu weinen.

Jetzt, sagte ich. Jetzt darf sie schauen.

Auf der rechten Seite liegend, stieß die alte Frau einen langen Seufzer aus, ein Lächeln erschien auf ihrem Gesicht, und sie starb.

Unvergängliches im Vergänglichen

Und sie starb. Zu diesem Zeitpunkt waren 3147740103497276498750208327 Atome in ihrem Körper, der zu 63,7 Prozent aus Sauerstoff, zu 21,0 Prozent aus Kohlenstoff, zu 10,1 Prozent aus Wasserstoff, zu 2,6 Prozent aus Stickstoff, zu 1,4 aus Kalzium, zu 1,1 Prozent aus Phosphor und aus Spuren von weiteren neunzig chemischen Elementen bestand, die in Sternen erzeugt werden.

Bei der Verbrennung verdunstete ihr Wasser. Ihr Kohlenstoff und Stickstoff verbanden sich mit Sauerstoff zu Kohlendioxyd und Stickstoffdioxyd, die zum Himmel aufstiegen und sich mit der Luft vermischten. Das Kalzium und der Phosphor blieben in der Asche zurück und wurden vom Wind auf dem Boden zerstreut.

Nachdem sie aus ihrer zeitweiligen Bindung entlassen waren, verteilten sich ihre Atome allmählich in der Atmosphäre. Nach sechzig Tagen waren sie in jeder Handvoll Luft auf dem Planeten zu finden. Nach hundert Tagen war der aus ihrem Körper entwichene Wasserdampf kondensiert und kehrte als Regen zur Erde zurück, um von Tieren und Pflanzen getrunken und aufgenommen zu werden. Manche ihrer Atome wurden zum Aufbau von Stängeln, Knospen und Blättern benutzt. Manche wurden von Tieren zum Aufbau von Organen, Muskeln und Knochen benutzt.

Schwangere Frauen aßen Tiere und Pflanzen, die ihre Atome enthielten. Ein Jahr später enthielten Babys ihre Atome. Nicht dass ihre Atome irgendwelche besonderen Kennzeichen oder Etiketten zur Identifizierung gehabt hätten. Aber es waren doch *ihre* Atome, daran konnte kein Zweifel bestehen. Ich wusste, welche es waren. Ich konnte sie zählen. Hier, und hier, und hier.

Einige Jahre nach ihrem Tod enthielten Millionen von Kindern ihre Atome. Und deren Kinder würden ebenfalls Atome von ihr in sich tragen. Ihre Gehirne würden Teile ihres Hirns enthalten.

Werden diese Millionen von Kindern künftiger Generationen wissen, dass einige ihrer Atome durch diese Frau hindurchgegangen waren? Wahrscheinlich nicht. Werden sie wissen, was sie erlebt hat? Werden in ihrem Gedächtnis flackernde Spuren ihrer Erinnerungen auftauchen? Werden sie sich an den Augenblick erinnern, als sie verwirrt und schuldbeladen am Fenster stand und zusah, wie der Tadr-Vogel um die Zisterne kreiste? Nein, das ist nicht möglich. Werden sie spüren, dass sie einen Blick ins Nichts werfen durfte? Nein, das ist nicht möglich. Es ist nicht möglich. Aber ich werde ihnen ihren eigenen kurzen Blick ins Nichts schenken, wenn sie von den Lebenden zu den Toten gehen, vom Beseelten zum Unbeseelten, vom Bewusstsein zu dem, was kein Bewusstsein hat. Einen Augenblick lang werden sie die Unendlichkeit verstehen.

Und die einzelnen Atome, die durch ihren Körper, den Wind, das Wasser, den Boden und Generationen und Abergenerationen von lebenden Geschöpfen und Gehirne gekreist sind, werden sich wieder verbinden und ein Ganzes bilden. Obwohl sie selbst kein Gedächtnis haben, sind sie eine Erinnerung. Obwohl sie zerstreut sind, bilden sie ein Ganzes.

Siehst du, Onkel, es ist vollbracht.

Materielle Intelligenz

Im Universum vergingen Äonen. Aber im Nichts sind Äonen oft gar nicht sehr lang.

»Das Nichts ist auch nicht mehr das, was es mal war«, sagte Belhor. »Finden Sie nicht auch?«

»Es scheint viel leerer zu sein«, sagte ich.

Belhor lachte. »Ist es nicht faszinierend, dass etwas vollkommen Leeres noch leerer werden kann? Vor langer Zeit habe ich die Prophezeiung gemacht, dass unser neues Universum uns verändern würde. Und so ist es gekommen. Wir sind alle viel voller geworden, und alles andere viel leerer. Aber das neue Universum ist gar nicht mehr so neu, was?«

»Es ist fast $2{,}5 \times 10^{33}$ atomare Ticks alt.«

»Es wird wohl bald von uns gehen«, sagte Belhor. »Viele Sterne sind schon verblasst. Auch ein Universum muss sterben.«

»Ich bin froh, wenn wir's los sind!«, sagte der Größere Baphomet, der hinter Belhor und mir her trottete, als wir durchs Universum gingen. »Da drin gibt's ein paar ziemlich unangenehme Typen.«

»Ein paar *sehr* unangenehme Typen«, sagte der Kleinere Baphomet, der ein paar Schritte hinter dem Größeren Baphomet ging. »Aber denen haben wir's gezeigt, was? Denen haben wir's richtig gezeigt!«

Der Größere Baphomet drehte sich zum Kleineren Baphomet um und runzelte die Stirn. Dann machte er einen Purzelbaum rückwärts. Woraufhin der Kleinere Baphomet sich ebenfalls an einem Purzelbaum versuchte, allerdings ziemlich ungeschickt. Der Größere Baphomet blieb stehen und zeigte dem Kleineren, wie man beim Purzelbaum den Kopf einzieht.

»Wenn ich schon nicht eingreife«, sagte ich, »hättet ihr euch erst recht nicht einmischen sollen.«

»Erlauben Sie mir, dass ich mich für den Enthusiasmus meiner Gefährten entschuldige«, sagte Belhor. »Aber wir haben den Ablauf der Ereignisse nicht entscheidend geändert. Wir haben nur beobachtet. Und wenn wir mal mehr getan haben, dann nur, um Kräfte und Tendenzen ein bisschen anzuschubsen, die ohnehin da waren. Oder Ereignisse herbeizuführen, die schon in Bewegung waren.«

»Sie drücken sich ziemlich gewunden aus«, sagte ich.

»Sie lernen mich immer besser kennen«, sagte Belhor. »Trotzdem können wir uns doch gewiss darauf einigen, dass es eine gewisse Trägheit in diesem Universum gibt. Es schien von Anfang an sehr genau zu wissen, wo es hinwollte, einschließlich seiner Geschöpfe und ihrer Gehirne.«

»Die fortgeschrittensten Zivilisationen erstaunen mich immer wieder«, sagte ich. »Sie haben meine organisatorischen Prinzipien ganz allein herausgefunden.

Dabei hatten sie gar nicht viel, wovon sie ausgehen konnten. Ich war sehr beeindruckt.«

»Ja«, sagte Belhor. »Sehr eindrucksvoll. Aber keiner von ihnen hat je den Ersten Grund entdeckt.«

»Nein, aber das wäre auch unmöglich gewesen. Sie konnten in der Zeit weit zurückgehen mit ihren Berechnungen, bis zu dem Punkt, an dem das Universum erst einen Bruchteil von einem Tick alt war. Aber es gab keine Methode, mit der sie bis zum Anfang selbst zurückgehen konnten.«

»Natürlich nicht«, sagte Belhor. »Sie können ja nicht aus dem Universum heraus. Sie können nicht mal die Wände des Universums sehen. Bei all ihrem Erfindungsreichtum sind sie doch immer noch Insekten, verglichen mit uns.«

»Sie existieren in drei Dimensionen. Aber es wäre noch genauso, wenn es fünf oder hundert wären. Sie können aus der Kugel, in der sie leben, nicht heraus, da haben Sie recht. Das Nichts können sie sich nicht einmal vorstellen.«

»Mir wäre das auch gar nicht recht, wenn sie sich das Nichts vorstellen könnten«, sagte Belhor. »Sollen sie doch in ihrer kleinen Kugel leben und sterben. Alles in allem war es ein interessantes Experiment.«

»Experiment? Experiment?«, sagte der Größere Baphomet. »Niemand hat mir gesagt, dass wir ein Experiment machen.«

»Mir auch nicht«, rief der Kleinere Baphomet und tat so, als müsste er schluchzen. »Mir sagt ja nie jemand was.«

»Wir haben in Erfahrung gebracht, was ein materielles Gehirn leisten kann«, sagte Belhor. »Es ist ebenso zu großer Güte befähigt wie zu großen Verbrechen. Und zwar in beiden Richtungen weitaus extremer, als ich gedacht hätte. Aber so geht es nun mal mit der Intelligenz.«

»Ist das eine Frage der Intelligenz? Oder liegt es daran, dass sie materiell sind?«, fragte ich. »Denn wir haben ja eine deutlich größere Intelligenz.«

Belhor lächelte und sagte nichts.

Nihāya

Das Universum alterte weiter. Die Sterne verbrannten einer nach dem anderen ihren Kernbrennstoff. Ihre glühende Hitze wurde ins All abgestrahlt und verlor sich. Ohne die Hitze und den Druck der Kernreaktionen setzte ihre eigene Schwerkraft sich durch. Die abgebrannten Sterne schrumpften und sanken in sich zusammen, bis sie nur noch als kalte, erloschene Schlackeklumpen durchs All trieben.

Die Planeten, die um diese toten Sterne kreisten, hatten keine Energiequelle mehr. Die Lebensformen, die sie besiedelt hatten, konnten dort nicht länger leben. Hier und da hatte eine Zivilisation eigene Energiequellen entwickelt, die nicht von ihrem Zentralgestirn abhängig waren, aber diese Quellen waren rasch erschöpft. In längst vergangenen Zeiten waren durch die Kontraktion der riesigen Gaswolken im Universum neue Sterne entstanden, als die erste Generation von Sternen erloschen war. Aber inzwischen hatte sich das Universum so weit ausgedehnt und die Räume zwischen den Sternen waren so groß geworden, dass nur noch sehr stark verdünntes Gas im Weltall vorhanden war, das nicht mehr in der Lage war, neue Sterne zu bilden. Die Schwerkraft, die einst die Sterne und das Leben geschaffen hatte, war in diesem riesigen Universum nur noch ein sehr schwacher Faktor.

Langsam, langsam starb die belebte Materie aus. Jenes winzige Fitzelchen von Masse, das aus lebenden, atmenden Wesen bestanden hatte, reduzierte sich allmählich auf null. Aalam-104729 wurde wieder eine Kugel voll lebloser, toter Materie. All seine Energie war unbrauchbar geworden. Die Möglichkeit des Lebens war genutzt und erschöpft worden. Die Zukunft für Aalam-104729 bestand nur noch darin, sich weiter auszudehnen, bis es immer dunkler in seinem Inneren wurde und die Partikel seiner toten Materie sich weiter und weiter voneinander entfernten.

Schließlich blieb nur noch eine einzige Galaxie, in der es Leben gab, übrig. Onkel Deva nannte sie Nihāya. Die Sterne in allen anderen Galaxien waren verblasst, aber in dieser Galaxie schimmerten noch ein paar Lichter. Dann kam der Zeitpunkt, an dem nur noch ein einziger Planet in dieser Galaxie Leben enthielt.

Die intelligenten Wesen auf diesem Planeten wussten, dass ihr Universum sterben würde und die Tage ihrer Zivilisation gezählt waren. Nicht wissen aber konnten sie, dass sie die Letzten im Universum waren. Sie schufen Gemälde, komponierten Musik und schrieben Bücher zur Erinnerung an das Ende ihres Daseins, denn sie konnten nicht wissen, dass es keine künftigen Wesen mehr geben würde, die diese Dinge lesen, hören und ansehen würden.

Das letzte Leben auf diesem Planeten bestand aus Insekten und Pflanzen. Dann kam der Zeitpunkt, an dem auch das verging. Das Leben im Universum war beendet.

»Bedauern Sie das Ganze jetzt?«, fragte mich Belhor. »Würden Sie das Universum noch einmal machen, obwohl Sie wissen, dass es nicht ohne Leiden geht?«

»Ich bedaure, dass es Leiden gegeben hat«, sagte ich.

»Ja. Aber würden Sie es noch einmal machen?«

Ich betrat Aalam-104729 und glitt an den erloschenen Galaxien, den kalten Planeten und Sternen vorbei. Wieder hörte ich Stimmen. Stimmen aus untergegangenen Kulturen, die von der Unsterblichkeit träumten.

Der Weise erkennt, dass die Welt nur eine Illusion ist, und deshalb handelt er nicht, als ob sie real wäre. So entgeht er dem Leiden.

Wir haben den Himmel erbaut mit Unseren Kräften, und die Erde haben Wir ausgebreitet.

Die Sinne stehen über dem Körper; das Gefühl steht über den Sinnen; der Verstand steht über dem Gefühl; über dem Verstand steht das Selbst.

Was sichtbar ist, das ist zeitlich; was aber unsichtbar ist, das ist ewig.

Ein neues Kleid für Tante Penelope

Von außen sah Aalam-104729 weiterhin aus wie immer. Tante Penelope hob es hoch, schüttelte es und horchte daran. Dann seufzte sie. Na, mein Junge, was wirst du bei deinem nächsten machen? Wenn ich mich recht entsinne, wolltest du alles ein bisschen größer anlegen.

Ich hab meine Meinung geändert, sagte ich. Das nächste möchte ich wieder genau so haben.

Während dieser Unterhaltung flogen Milliarden von leeren Universen durchs Nichts, die alle darauf warteten, gefüllt zu werden. Sie summten, kreischten und knatterten.

Das nächste wird bestimmt nicht genau so, sagte Onkel Deva.

Nein, sagte ich. Das wird es nicht, aber ich wäre nicht unglücklich, wenn es sehr ähnlich wäre.

Ich glaube, wir haben Aalam-104729 alle sehr gemocht, sagte Onkel D.

Ja, sagte ich. Und die Bewohner auch.

Es war ein entzückendes kleines Ding, sagte Tante P.

Es war wunderschön, sagte mein Onkel. Es war voller Schönheit. Und Freude. Und Trauer.

Das alles hatte es, sagte ich. Es hat einfach alles gehabt.

Nicht alles, sagte meine Tante. Unsterblichkeit hatte es nicht.

Nein, die hatte es nicht, sagte mein Onkel. Aber ich glaube, es hatte doch eine Seele.

Eine *sterbliche* Seele?, sagte meine Tante. Manchmal weiß ich wirklich nicht, wovon du redest, Deva.

Jetzt ist es erloschen, sagte ich. Das ist wohl das Wesen der Dinge. Aber ich vermisse es trotzdem.

Es wird wieder eins geben, sagte mein Onkel. Und danach noch mal eins.

Ja.

Gut, mein Junge, sagte Tante P. Ich bin schon sehr gespannt, wie das nächste sein wird. Am besten fängst du gleich damit an.

Hetz IHN nicht, sagte mein Onkel. ER braucht SEINE Zeit.

Ja, ja, sagte meine Tante. Und damit ihr's gleich wisst: Ich hätte gern wieder so ein Kleid aus dem Universum.

Sicher, Liebes, sagte mein Onkel.

Anmerkungen

URSPRUNG DER NAMEN

Aalam ist ein muslimischer Name, der »Universum« bedeutet. *Belhor*, der auch *Belial*, *Baalial* oder *Beliar* genannt wird, ist ein Dämon in den christlichen und hebräischen Apokryphen. *Baphomet* ist eine heidnische Göttergestalt, die Anfang des 12. Jahrhunderts in christlichen Schriften auftaucht und im 19. Jahrhundert zum Teufel in Bocksgestalt wird. *Deva* ist ein Wort aus dem Sanskrit und bedeutet »Gottheit«. *Nihāya* ist ein arabisches Wort und bedeutet »Ende«. Man findet es am Ende arabischer Erzählungen und der Sufi-Gedichte. *Ma'or* ist ein hebräischer Name, der »Stern« bedeutet. *Al-Maisan* ist ein arabischer Name und bedeutet »der/die Strahlende«.

NATURWISSENSCHAFTLICHE FAKTEN

Die Erschaffung von Materie und Energie, Galaxien, Sternen und Planeten sowie die Entstehung des Lebens folgen den Erkenntnissen und Theorien der Physik, Astronomie und Biologie. Alle quantitativen Darstellungen kosmischer Ereignisse sind wissenschaftlich korrekt. Die Einheit, die Herr G. zur Berechnung der Zeit verwendet, der »Tick der Wasserstoffuhr«, ist der Kehrwert der Frequenz der Lyman-Alpha-Emission der Wasserstoffatome und entspricht etwa 4×10^{-16} Sekunden.

ZAHLEN

Es gibt keinen Grund, warum Herr G. bei der Beschreibung von Mengen ein Dezimalsystem verwenden sollte. Es wurde hier deshalb benutzt, weil es (irdischen) Lesern das vertrauteste sein dürfte.

QUELLENANGABEN ZUM KAPITEL NIHĀYA

Der Weise erkennt, dass die Welt eine Illusion ist … – nach der Überlieferung ein Ausspruch Buddhas

Wir haben den Himmel erbaut … – Koran, 51,47

Die Sinne stehen über dem Körper … – Bhagavad Gita, 3,42

Was sichtbar ist … – Das Neue Testament, 2. Korinther 4,18